AF198125

Tucholsky Wagner Zola Scott Sydow Freud Schlegel
Turgenev Wallace Fonatne
Twain Walther von der Vogelweide Fouqué Friedrich II. von Preußen
Weber Freiligrath
Fechner Fichte Weiße Rose von Fallersleben Kant Ernst Frey
Richthofen Frommel
Hölderlin
Engels Fielding Eichendorff Tacitus Dumas
Fehrs Faber Flaubert
Eliasberg Ebner Eschenbach
Feuerbach Maximilian I. von Habsburg Fock Zweig
Ewald Eliot Vergil
Goethe Elisabeth von Österreich London
Mendelssohn Balzac Shakespeare Dostojewski Ganghofer
Lichtenberg Rathenau
Trackl Stevenson Tolstoi Doyle Gjellerup
Mommsen Hambruch
Thoma Lenz Hanrieder Droste-Hülshoff
Dach Verne von Arnim Hägele Hauff Humboldt
Reuter Hagen
Karrillon Garschin Rousseau Hauptmann Gautier
Damaschke Defoe Hebbel Baudelaire
Descartes
Hegel Kussmaul Herder
Wolfram von Eschenbach Dickens Schopenhauer Rilke George
Bronner Darwin Melville Grimm Jerome
Campe Horváth Aristoteles Bebel Proust
Bismarck Vigny Barlach Voltaire Federer Herodot
Gengenbach Heine
Storm Casanova Lessing Tersteegen Grillparzer Georgy
Chamberlain Langbein Gilm Gryphius
Brentano Lafontaine
Strachwitz Claudius Schiller Schilling Kralik Iffland Sokrates
Katharina II. von Rußland Bellamy Raabe Gibbon Tschechow
Gerstäcker
Löns Hesse Hoffmann Gogol Wilde Vulpius
Gleim
Luther Heym Hofmannsthal Klee Hölty Morgenstern
Roth Heyse Klopstock Kleist Goedicke
Luxemburg Puschkin Homer Mörike Musil
La Roche Horaz
Machiavelli Kierkegaard Kraft Kraus
Navarra Aurel Musset Lamprecht Kind Kirchhoff Hugo Moltke
Nestroy Marie de France
Laotse Ipsen Liebknecht
Nietzsche Nansen Ringelnatz
Marx Lassalle Gorki Klett Leibniz
von Ossietzky May vom Stein Lawrence Irving
Petalozzi Platon Knigge
Sachs Pückler Michelangelo Kock Kafka
Poe Liebermann Korolenko
de Sade Praetorius Mistral Zetkin

Der Verlag tredition aus Hamburg veröffentlicht in der Reihe **TREDITION CLASSICS** Werke aus mehr als zwei Jahrtausenden. Diese waren zu einem Großteil vergriffen oder nur noch antiquarisch erhältlich.

Symbolfigur für **TREDITION CLASSICS** ist Johannes Gutenberg (1400 — 1468), der Erfinder des Buchdrucks mit Metalllettern und der Druckerpresse.

Mit der Buchreihe **TREDITION CLASSICS** verfolgt tredition das Ziel, tausende Klassiker der Weltliteratur verschiedener Sprachen wieder als gedruckte Bücher aufzulegen – und das weltweit!

Die Buchreihe dient zur Bewahrung der Literatur und Förderung der Kultur. Sie trägt so dazu bei, dass viele tausend Werke nicht in Vergessenheit geraten.

Cannes und Genua

Vier Reden zum Reparationsproblem

Walther Rathenau

Impressum

Autor: Walther Rathenau
Umschlagkonzept: toepferschumann, Berlin

Verlag: tradition GmbH, Hamburg
ISBN: 978-3-8424-1316-0
Printed in Germany

Das letzte schriftliche Wort des Ministers Rathenau an mich, das ich in der Aktenmappe im Auto des Ermordeten fand und das als Stichwort für eine Anweisung an mich dienen sollte, lautete: »Der Weg der Vernunft«.

Eine wunderbare Fügung ließ meinen hochverehrten Minister und unvergeßlichen lieben Freund am Tage vor seiner schändlichen Ermordung die letzte Hand an die Herausgabe der vorliegenden vier großen Reden legen. Sie werden in dieser Zusammenstellung als eine Erinnerung und Mahnung der Mit- und Nachwelt noch einmal deutlich vor Augen führen, wie der Verewigte mit der ganzen Kraft und Tiefe seines ungewöhnlichen Intellekts bemüht gewesen ist, die Welt auf den »Weg der Vernunft« zurückzuführen. Sie werden insbesondere für alle Zeit unvergessen machen, wie tief er die Not seines über alles geliebten deutschen Volkes empfunden hat und wie rückhaltlos er – unbeschadet aller ehrlichen Ausgleichsabsichten für das zermürbte Europa – seinen Empfindungen über die in der Weltgeschichte bisher unerhörte Knechtung eines so großen Volkes Ausdruck verliehen hat.

Um gerade unter diesem Gesichtspunkt wohl verstandenen nationalen Empfindens das Wirken Rathenaus erneut zu kennzeichnen und festzuhalten und in der Absicht, die von ihm als Außenminister öffentlich gehaltenen großen Ansprachen bei dieser Gelegenheit vollzählig zu bringen, sind nachträglich in einem besonderen Anhang seine drei letzten Reden angefügt, die nach Genua eine weitere Periode seiner Tätigkeit einleiteten.

Dr. H. F. Simon

Vortragender Legationsrat im Auswärtigen Amt und Oberstleutnant a. D.

Rede vor dem Obersten Rat der Alliierten in Cannes vom 12. Januar 1922

Namens der Deutschen Regierung danke ich Ihnen, daß Sie uns Gelegenheit gegeben haben, vor Ihnen zu erscheinen. Wir erkennen an, dass diese Konferenz neben ihren allgemeinen weltgeschichtlichen Aufgaben es sich zur Aufgabe gestellt hat, zu prüfen, wie die deutschen Leistungen mit der deutschen Leistungsfähigkeit in Einklang zu bringen sind. Die Deutsche Delegation wird ernsthaft bemüht sein, alle gewünschten Auskünfte rückhaltlos und wahrheitsgetreu zu geben. Sie ist darüber hinaus bereit, in dem von ihr geforderten Mass an den Aufgaben, die sich diese Konferenz gestellt hat, mitzuarbeiten. Auch der Französischen Regierung danke ich für die freundliche Aufnahme in dieser Stadt, in der wir ihre Gäste sind. Ich nehme an, dass es nützlich sein wird, wenn ich, um zeitraubende Verdolmetschung zu ersparen, mich in den weiteren Ausführungen anderer Sprachen als der deutschen bediene, ohne dass damit für uns ein Präjudiz für den Gebrauch irgendeiner Sprache geschaffen werden darf.

Es sind uns eine Reihe von Fragen gestellt worden. Die Fragen beziehen sich einmal auf den Umfang der von Deutschland zu bewirkenden Sach- und Geldleistungen, die möglich wären, ohne Deutschland zu »verkrüppeln«. Sie beziehen sich weiter auf Massnahmen hinsichtlich der deutschen Finanzen, sie beziehen sich ausserdem auf die Sicherheiten, die von Deutschland für die Erfüllung dieser Massnahmen gegeben werden können, und endlich auf die Teilnahme Deutschlands an dem Wiederaufbau Europas.

Deutschland ist entschlossen, mit seinen Leistungen bis zu den Grenzen seiner Leistungsfähigkeit zu gehen. Deutschland ist immer ein Land der Ordnung gewesen. Deutschland ist aber durch einen verlorenen Krieg, durch schwere Verluste und durch eine Revolution hindurchgegangen. Die anormalen Zustände seiner Lebensbedingungen und seiner Finanzen, die die Folge dieser Ereignisse sind, empfindet Deutschland selbst am schwersten und wünscht sie zu beseitigen. Es wünscht nicht, den Weltmarkt durch Unterbietungen zu zerrütten.

Die beiden Aufgaben, äussere Leistung und innere finanzielle Sanierung, vor die Deutschland dadurch gestellt ist, widersprechen einander. Um ein Beispiel zu gebrauchen, möchte ich an die Lage eines Schiffskonstrukteurs erinnern, der gleichzeitig für höchste Kraftleistung und geringsten Kohlenverbrauch seines Schiffes sorgen soll.

Es ist daher schwer zu sagen, die und die Zahlung stellt eine ausreichende und erträgliche Leistung dar. Es muss aber eine Summe gefunden werden, deren Schwere erträglich ist und die zugleich der wirtschaftlichen Lage der empfangsberechtigten Nationen entgegenkommt.

Wir wissen, dass in Ihrem Kreise Ziffern für 1922 genannt worden sind: 500 Millionen für die Leistungen in bar und 1450 Millionen für die Sachleistungen einschliesslich der äusseren Besatzungskosten. Ich will diese Ziffern als Basis meiner Berechnungen wählen. Sollte eine um 220 Millionen höhere Summe genannt werden, so wird das Problem noch weiter erschwert und gefährdet.

Ich komme nun zur Lage der deutschen Zahlungen. Deutschland ist ein Land der Lohnarbeit. Es empfängt Rohstoffe, verarbeitet sie und verkauft die verarbeiteten Erzeugnisse. Die Deutschland nach dem Kriege verbleibenden eigenen Rohstoffe sind mit Ausnahme der Kohle unerheblich. Das Kali, von dem so viel die Rede ist, ist nicht so sehr bedeutend. Dazu kommen sehr kleine Mengen von Kupfer und Zink. Von allem anderen, was Deutschland braucht zur Behausung, zur Kleidung, zur Nahrung, muss es das meiste im Auslande kaufen.

Deutschland hat daher für alles, was es kauft, in bar zu bezahlen. Es kann nur zahlen durch seine Handarbeit. Es ist deshalb notwendig, dass Deutschland eine aktive Handels- und Zahlungsbilanz hat. Unsere Zahlungsbilanz aber ist vorbelastet mit einem Einfuhrbedarf von 2½ Milliarden Lebensmitteln und 2½ Milliarden Rohstoffen, und zwar ohne verarbeitete Fabrikate und ohne Luxusartikel, die nicht sehr erheblich sind und die es zum grossen Teil nicht aus freiem Entschluss, sondern zur Aufrechterhaltung nachbarlicher Handelsbeziehungen erwirbt.

Ausserdem sind im Gegensatz gegen die frühere Lage, in der uns aus Auslandsinvestitionen 1½ Milliarden jährliche Erträgnisse zuflossen, jetzt ¾ Milliarden Goldmark jährlich an das in Deutschland Kapital besitzende Ausland zu zahlen.

Die Passivseite der Zahlungsbilanz beträgt also etwa 5¾ Milliarden Goldmark, denen eine Ausfuhr von nur 3½ bis 4 Milliarden gegenübersteht. Es besteht somit eine Passivität der Zahlungsbilanz im Saldo 2 Milliarden schon vor Zahlung irgendwelcher Reparation.

(Auf Befragen Lloyd Georges:) Es ist ganz richtig, dass infolge des Standes des Weltindexes auf 1,5 die deutsche Ausfuhr jetzt 14 bis 15 Milliarden Goldmark betragen müsste, wenn sie dem Vorkriegsstande entspräche. Sie hat sich also auf etwa ein Viertel vermindert.

Um das Defizit der Zahlungsbilanz zu decken, bestehen nur drei Möglichkeiten:

Verkauf der Substanz des Landes,
grosse auswärtige Anleihen oder
Verkauf der Landeswährung.

Den Ausverkauf von Landessubstanz konnten wir leider nicht hindern. Er ist in grossem Umfange vor sich gegangen. Grundstücke, Unternehmungen, Aktien, Obligationen, selbst Hausrat sind vom Auslande unter dem Werte erworben worden.

Die Durchführung einer auswärtigen Anleihe haben wir versucht. Sie war unmöglich, da nach Meinung der City die Deutschland auferlegten Lasten zu schwer waren.

Unter diesen Umständen war es unmöglich, den Verkauf von Umlaufsmitteln zu vermeiden, obwohl unser Geld hierdurch ein Gegenstand der internationalen Spekulation wurde.

Der Prozess des Ausverkaufs des deutschen Geldes hat sich zunächst ohne panikartige Folgen bis Mitte 1921 fortgesetzt. Er wurde nicht durch Deutschland ermutigt, sondern durch das Ausland eingeleitet, das mit Recht den inneren Wert der Mark höher einschätzte als den Auslandskurs. Aber Mitte 1921 ereignete sich etwas, was vorauszusehen war: der Streik der Käufer der Mark. In dem Augenblick, wo man sah, dass wir gezwungen waren, in kurzer Frist eine Goldmilliarde zu beschaffen, mithin 30 Papiermilliarden zu verkaufen, steckten die Markkäufer die Hände in die Tasche und warteten. So trat der Marksturz ein, und der Dollarkurs stieg von 55 bis zeitweise auf 300.

Man hat bei uns und im Auslande gesagt, dieser Marksturz sei nur die Folge der Inflation und des Gebrauchs der Notenpresse in Deutschland. Das ist ein Irrtum. Sonst hätte dieser Sturz nicht so plötzlich und in ganz kurzer Zeit eintreten können. Auch hat der Kurs sich sobald sich wieder etwas Blau am Himmel zeigte, erheblich gebessert. Das Blau am Himmel waren die Nachrichten über die ersten Besprechungen zwischen der britischen und französischen Regierung über eine Regelung unserer Verbindlichkeiten für 1922.

Jetzt komme ich zu einem äusserst wichtigen Punkt. Solange die Währung eines Staates auf dem internationalen Markt aus dem Gleichgewicht gekommen ist, ist es unmöglich, irgend ein Budget auf bestimmte Zeit mit Sicherheit in Ordnung zu bringen. Denn jeder neue Sturz des Kurses hat eine Erhöhung der Ausgaben für Gehälter, Löhne und Rohstoffe zur Folge. Ein Staatsbudget aber setzt sich nur aus diesen drei Posten zusammen.

In diesem Augenblick ist unser Budget für 1922 in Ordnung. Es enthält sogar gewisse Ueberschüsse, dabei ist aber von den Reparationen abgesehen. Jeder neue Marksturz, jede neue innere Preiserhöhung aber wird dieses Budget gefährden.

Wird damit gerechnet, dass die Reparationslasten erträglich werden, dann kann die Mark steigen und das Mass der Staatsausgaben in Papiermark sinken. Auf der anderen Seite wird die Konkurrenz der deutschen Ware umso gefährlicher, je mehr die Mark sinkt.

Was gibt es nun für Mittel der Gesundung? Wie kann man je zu einer Wiederherstellung der deutschen Valuta gelangen?

Als Abhilfsmittel könnte man zunächst an eine Reduktion des Verbrauchs denken. Diese ist aber kaum erreichbar, da die Mittelklassen und die Arbeiter weit unter dem Stande der Vorkriegszeit leben. Es kann sich also nur um die Hebung der Produktion und um die Vermehrung der Ausfuhr handeln. Eine derartige Vermehrung ist aber schwer, weil sich andere Völker gegen die Vermehrung der deutschen Einfuhr wehren. Es bleibt das Mittel, die landwirtschaftliche Produktion zu heben, aber das erfordert Zeit bei den infolge des Krieges verschlechterten Bedingungen.

Ich will jetzt im einzelnen von den Lasten sprechen, die auf Deutschland ruhen. Für 1922 beträgt das Budget 85 Milliarden ausschliesslich Reparationen und sonstigen Friedensvertragsleistungen. Um diese Last zu balanzieren, war es nötig, die Steuerlasten zu verdoppeln.

Ich will hier nicht über die sehr wichtige Frage der vergleichenden Steuerbelastung sprechen. Wir haben Unterlagen vorbereitet und stellen sie zur Verfügung. Ich stelle unter Beweis, dass der Deutsche fernerhin eine schwerere Bürde trägt als der Bewohner irgend eines anderen Landes, insbesondere der Engländer oder der Franzose. Um den Staatshaushalt zu konsolidieren, wird es sich zunächst darum handeln, die Reichsbetriebe zu balanzieren, Eisenbahnen, Post, Telegraphen. Die Massnahmen sind ergriffen, um im Jahre 1922 diese Reichsbetriebe ins Gleichgewicht zu bringen. Ferner handelt es sich um die Beseitigung der Subsidien, die bisher zur Verbilligung der Lebensmittel und aus sozialen Gründen gegeben werden mussten. Ich trete in die Einzelheiten nicht ein. Massnahmen sind ergriffen, die dazu führen sollen, diese Subsidien allmählich abzubauen.

Eine dritte Frage wegen des deutschen Budgets betrifft die Frage des Kohlenpreises. Der Kohlenpreis nähert sich sehr rasch dem Weltmarktpreis. Sobald der Preis des Dollars sich weiter ermässigt, überschreiten die deutschen Kohlenpreise den Weltmarktpreis und zwar zu verschiedenen Zeitpunkten, da die Preisverhältnisse der einzelnen Sorten verschieden sind.

Bisher habe ich stets nur von einem Budget ohne Reparationen und ohne die inneren Kosten des Friedensvertrages gesprochen. Wenn ich von den bereits erwähnten 500 Millionen für 1922 ausgehe, wenn ich ferner ausgehe von Sachleistungen von 1450 Millionen Goldmark und dann noch die inneren Kosten des Friedensvertrages nehme, so komme ich zu folgenden Ziffern:

500   Millionen Gmk.   zum Kurse von 50   =   25   Milld. Ppmk.

1450	"	"	=	72,5	"
Friedensvertragsausgaben			=	38	"

$$135,5 \quad "$$

Diese Summen kämen also zusätzlich zu dem Budget von 1922 mit seinen 83 Milliarden Papiermark. Das Budget würde also etwa 150 Prozent neue Belastung erfahren und sich damit auf 218,5 Milliarden Papiermark belaufen. Um die Bilanz herzustellen, gibt es nur zwei Mittel:

eine Verdoppelung oder Verdreifachung der Steuern oder eine Riesenanleihe.

Es wäre unmöglich, da das Land schwerer als seine Nachbarn belastet ist, die Steuern nochmals zu verdoppeln. Es bleibt also die Frage einer sehr grossen Anleihe. Ich glaube, dass man eine derartige Anleihe nicht im Auslande wird machen können. Die City von London hat sich schon geweigert, einen sehr viel kleineren Betrag für die Januar- und Februarzahlungen durch eine Anleihe zu finanzieren. Die Frage einer inneren Anleihe wird sehr ernsthaft erörtert werden. Aber in der gegenwärtigen Situation wird es kaum möglich sein, die notwendigen Reizmittel zu finden, um eine Anleihe auch nur annähernd des erforderlichen Umfanges unterzubringen.

Ich lege Wert darauf, einen Vorwurf zu entkräften, der immer wieder auftaucht und der dahin geht, Deutschland sei doch dasselbe Land, es habe jetzt noch 60 Millionen Einwohner, darunter eine grosse landwirtschaftliche und industrielle Bevölkerung und reichliche Arbeitsmittel. Es habe keine Arbeitslosigkeit. Weshalb könne dieses tätige und angeblich reiche Land keinerlei Zahlungen leisten? Demgegenüber sage ich, wir haben keine Ersparnisse. Lassen Sie mich einen Augenblick die Frage der Ersparnisse, der national savings, prüfen.

Wenn ich das Deutschland von jetzt und früher vergleiche, so fehlen uns zunächst die Reserven, die wir aus den Anlagen im Ausland hatten. Vor dem Kriege waren wir aus diesen Quellen mit 1,5 Milliarden aktiv, jetzt sind wir mit ¾ Milliarden passiv. Der zweite Faktor ist der Verlust an Gebiet und Bevölkerung. Gegenüber der Zeit vor dem Kriege haben wir daran mehr als 10 Prozent verloren.

Der dritte Faktor ist der bereits erläuterte Rückgang der Ausfuhr. Die Ausfuhr hat sich von 10 Milliarden Goldmark auf 3,5 oder unter Berücksichtigung des Weltindexes auf 2,5 Milliarden vermindert. Die Gewinne daraus sind deshalb ebenfalls entsprechend zurückgegangen. Ein vierter Faktor: Wir verloren einen grossen Teil unserer Rohstoffe, die wir jetzt einführen und mit Goldmark oder Ausfuhr bezahlen müssen.

Der fünfte Faktor ist der, dass sich die landwirtschaftliche Bevölkerung mehr vermindert hat als die Gesamtbevölkerung, und dass gerade landwirtschaftliche Ueberschussgebiete verloren sind.

Auch der sechste Faktor ist sehr beträchtlich. Es handelt sich um die Ermässigung der Dienste und ihres Ertrages, die Deutschland durch Schiffahrt, Aussenhandel und Bankverkehr im Ausland leistete.

Auf Grund dieser Faktoren, wenn sie sich auch z. T. überdecken, besteht meiner Schätzung nach anstelle eines Ueberschusses, einer nationalen Ersparnis von 6 Milliarden Goldmark vor dem Kriege jetzt ein Defizit von 1 bis 2 Milliarden Goldmark jährlich. So zehrt das Land sich allmählich auf; es lebt von seiner eigenen Substanz. Es hat weder die Mittel für Erneuerungen noch für die wirtschaftliche Ausstattung seines Bevölkerungszuwachses.

Es wird auch die Frage Deutschland gegenüber aufgeworfen, und der Herr Vorsitzende hat sie mit Recht in Erörterung gestellt: Was tut Ihr mit Euren Waren? Wenn Ihr sie nicht ausführt, so speichert Ihr sie auf und investiert sie und schafft grosse neue innere Reichtümer. Es erscheint sehr paradox, dass ein Land trotz Fehlens von Ersparnissen Waren aufstapeln, bauen und investieren sollte. Ich bitte daher, von der Lage der Arbeitsstundenzahl und ihrer Verwendung in Deutschland sprechen zu dürfen. Ich komme damit auch auf die Frage, was Deutschland mit seinen Arbeitslosen macht, und auf den Verlust an Arbeitsstunden unter der gegenwärtigen Situation.

1. Die Einkünfte aus Kapitalanlagen im Auslande wurden früher bezahlt in Waren, die somit einen fortlaufenden Tribut an Gütern bedeuteten, der in breitem Strom uns zufloss. Schon um diese Güter, vor allem Rohstoffe, zu erhalten, die wir früher als laufenden Ertrag erhielten, müssen wir jetzt arbeiten und Arbeitsstunden aufwenden. Dieser Arbeitsstundenaufwand lässt sich auf 3,75 Milliarden jährlich schätzen.

2. Aus dem Verlust an Gebieten ergibt sich ein Verlust an Ersparnissen, der sich in einem Mehraufwand von einer Milliarde Arbeitsstunden ausdrückt.

3. Man schätzt die Tatsache, dass für die Rohstoffe, die wir einst in unseren Grenzen hatten und die wir jetzt mit der Ausfuhr oder mit Arbeitsstunden bezahlen müssen, und den dadurch herbeigeführten Aufwand von Arbeitsstunden auf 0,83 Milliarden.

4. Aus der ungünstigeren landwirtschaftlichen Flächengestaltung und der Verschlechterung des Düngemittelbezuges ergibt sich ein weiterer Mehraufwand von 1,82 Milliarden Arbeitsstunden.

5. Der Gegenwert der verlorenen Dienstleistungen (Schiffahrt, Aussenhandel und Auslandsbankverkehr) dürfte 1,66 Milliarden Arbeitsstunden betragen.

Der gesamte Mehraufwand an Arbeitsstunden, wie er durch die gegebenen Verhältnisse erfordert wird, beträgt danach 9 bis 9,28 Milliarden.

Wenn ich von einer arbeitenden Bevölkerung von 21 Millionen ausgehe und pro Kopf 2400 Arbeitsstunden im Jahre rechne, so beträgt der Gesamtwert der von Deutschland aufgewandten Arbeitsstunden nicht mehr als 50 Milliarden. Hiervon sind mehr als 9 also für Arbeit aufgewandt, die wir vor dem Kriege nicht aufzuwenden brauchten, d. h. fast 1/5 der gesamten Arbeitsstunden. Wenn ich diese Summen mit der Zahl der männlichen arbeitenden Bevölkerung in Beziehung setze, so ergibt sich bei uns eine versteckte Arbeitslosigkeit von nahezu 4 Millionen Menschen, d. h. 4 Millionen Menschen müssen Arbeit leisten, die früher nicht notwendig war. Wenn also bei anderen Nationen eine Arbeitslosigkeit erscheint, die bei uns nicht sichtbar ist, so möchte ich im Gegensatz dazu von einer unsichtbaren Arbeitslosigkeit sprechen, die darin besteht, dass 4 Millionen Menschen Arbeit leisten müssen, die früher nicht nötig war und die das Arbeitsergebnis gegen früher nicht verbessert. Und zwar alles dies vor irgendeiner Zahlung von Reparationen. Von einer Aufspeicherung von Reichtümern kann mithin nicht die Rede sein.

Ich bitte nunmehr etwas sagen zu dürfen über die von Deutschland erwarteten reinen Goldleistungen. Es mag sein, dass meine bisherigen Ausführungen negativ klangen. Wo der Optimismus der Berechnung versagt, wird Energie und Entschlossenheit zu Hilfe kommen müssen, aber auch hier sind Grenzen gegeben.

Ich knüpfe wieder an die 500 Millionen an, von denen ich schon gesprochen habe. Die reinen Goldlasten für Deutschland werden aber in jedem Falle viel höher sein als dieser Betrag. Es handelt sich zunächst daneben um den Gegenwert des clearing mit 360-400 Millionen Goldmark. Dann aber handelt es sich um die in Gold zu beschaffende Bezahlung für die Rohstoffe, deren wir zur Herstellung unserer Sachleistungen bedürfen. Denn mit Ausnahme der Kohlenlieferungen, für die fremder Bezug von Hilfsmaterialien nicht allzu schwer ins Gewicht fällt und die ich daher ausser Ansatz lasse, müssen wir für alle anderen Sachlieferungen etwa 25 Prozent des Wertes an Rohstoffen aus dem Auslande beziehen. So komme ich zu weiteren 250 Millionen Goldmark. Wir würden also für 1922 auf eine Goldleistung von mehr als 1 Milliarde Goldmark kommen, wenn es sich scheinbar nur um eine Goldzahlung von 500 Millionen handelt. Wenn es notwendig erscheint, eine so gewaltige Summe von Deutschland zu verlangen, so sollte man die Frage der Ermässigung des clearing und der inneren Besatzungskosten eingehend prüfen.

In jedem Falle aber ist Deutschland durchaus bereit, auf den Weg der Stabilisierung des Budgets zu treten, der ihm vorgeschlagen ist.

- Die Erhebung der Zölle auf Goldbasis soll erfolgen.
- Die Frage der Verkehrstarife wird 1922 geregelt werden, um das Defizit dieser Wirtschaftszweige auszugleichen.
- Der Abbau der Subsidien ist in die Wege geleitet.

- Die Kohlenfrage ist schwieriger, weil die Preise sich dem Weltmarktpreise immer mehr nähern.
- Was die innere Anleihe anbelangt, so wird sie in ernsteste Erwägung gezogen werden.
- Die Frage der Kapitalflucht würde hier viel Zeit wegnehmen. Ich bitte deshalb, sie heute zurückstellen zu dürfen, zumal ihre Regelung nur unter Mitwirkung aller Auslandsbanken möglich sein würde.

Was die Garantien anlangt, so gibt es meines Erachtens Mittel, um der Reichsbank eine grössere Autonomie zu geben. Die Reichsbank ist jetzt dem Reichskanzler unterstellt, der aber im Laufe von 50 Jahren nur einmal von seinem Eingriffsrecht Gebrauch gemacht hat. Eine weitergehende Verständigung ist möglich. Es wäre aber sehr gefährlich, wenn man anstelle der Verantwortung die Ueberwachung setzte. Das würde das freie Verantwortungsgefühl erschüttern und als Präzedenzfall die Zentralnotenbanken aller Staaten schädigen.

Man hat uns endlich gefragt, ob wir mitarbeiten wollen am Wiederaufbau Europas. Deutschland würdigt die hohe Wichtigkeit dieser Aufgabe und ihren Zusammenhang mit der Lage der Weltwirtschaft. Es ist zwar nicht in der Lage, dem Kapitalmarkt der Welt Mittel im Ausmasse reicherer Staaten zur Verfügung zu stellen, immerhin unter den beabsichtigten Bedingungen ist Deutschland in der Lage, den ihm zugedachten Teil zu übernehmen. Deutschland ist um so mehr geeignet, am Wiederaufbau teilzunehmen, als es mit den technischen und wirtschaftlichen Bedingungen und Gepflogenheiten des Ostens vertraut ist. Der Weg, auf den man sich begeben will, erscheint mir richtig. Ein internationales Syndikat, und zwar ein Privatsyndikat. Deutschland glaubt, dass man die Frage des Wiederaufbaus beginnen sollte mit der Wiederherstellung des Verkehrs und der Verkehrsmittel. Man muss sodann an die Quellen der Produktion vordringen und vor allem die bestehenden Unternehmungen wieder neu beleben. Deutschland glaubt, dass es an der Entwicklung des Ostens und der Mitte Europas um so mehr Anteil zu nehmen berechtigt ist wegen seiner Haltung der politischen und wirtschaftlichen Entwicklung gerade dieses östlichen Europas gegenüber. In dem Augenblick, als Deutschland fast am Ende seiner

Kräfte war nach Krieg, Niederbruch, Revolution hat Deutschland doch der staatlichen und sozialen Desorganisation widerstanden. Hätte diese Desorganisation in Deutschland triumphiert, so wäre sie eine entscheidende Gefahr für die ganze Welt geworden. Deshalb glaubt Deutschland, sich nicht nur nach Kräften der Wiederherstellung zerstörter Gebiete des Westens, sondern auch mit Rücksicht auf seine geographische Lage und Kenntnis nachbarlicher Verhältnisse der Wiederherstellung von Ost- und Zentral-Europa widmen zu sollen, und somit an der Aufgabe teilzunehmen, die die Grossmächte sich im Einvernehmen mit diesen Gebieten gestellt haben.

Rede vor dem Hauptausschuß des Reichstages 7. März 1922

Im Mittelpunkt unserer gesamten Aussenpolitik steht nach wie vor das Problem der Reparationen. In dem Augenblick, als im Frühjahr letzten Jahres das Ultimatum von Deutschland unterzeichnet wurde und dadurch das Reparationsproblem in sein gegenwärtig aktuelles Stadium trat, waren drei Auffassungen in Deutschland gegenüber diesem Problem erkennbar.

Die eine Auffassung ging dahin, es müsse Festigkeit gezeigt und Widerstand geleistet, es müsse, komme, was da wolle, die Leistung der Reparationen überhaupt abgelehnt werden. Ich glaube nicht, dass diese Anschauung eine verbreitete war, sie ist aber in der Oeffentlichkeit zum Ausdruck gekommen. Niemand hat den Versuch gemacht, darzulegen, mit welchen Mitteln eine solche Politik geführt werden könne, und zu welchen Ergebnissen sie führen würde. Dieses Ergebnis wäre lediglich die Katastrophe gewesen, die Versenkung Deutschlands in ein Chaos auswärtiger Verwirrungen.

Die zweite Auffassung, die uns entgegentrat, fand Widerklang in diesem hohen Hause. Es war die Auffassung, dass man zwar bis zu einem bestimmten Masse sich dem Reparationsproblem nähern dürfe, dass aber die erste Aufgabe der Reichsregierung darin bestehen müsse, wie man sich ausdrückte, mit aller Offenheit zu erklären, die Leistungen seien vollkommen unerfüllbar und es habe überhaupt keinen Zweck, sie in irgendwelchem bedeutenderen Ausmasse in Erwägung zu ziehen. Diese Politik wurde bezeichnet als die Politik der Offenheit, und es wurde der Regierung der schwere Vorwurf gemacht, dass sie angeblich diese Offenheit nicht aufbrächte. Diese Auffassung war unpsychologisch, denn der andere hörte aus dem »Wir können nicht« nur das »Wir wollen nicht« heraus.

Die dritte Auffassung des Versuches der Erfüllung war die Auffassung der Reichsregierung, und sie ist im Laufe dieses Jahres in erheblichem Masse gefördert worden. Die Reichsregierung ging davon aus, dass eine Verpflichtung für das Reich geschaffen sei durch die Unterschrift seiner massgebenden Stellen. Sie ging davon aus, dass unter allen Umständen der Versuch gemacht werden müsse, den ehemaligen Gegnern zu zeigen, dass Deutschland bereit sei, bis an die Grenze seiner Leistungsfähigkeit zu gehen. Ich glaube, dass diese Auffassung die psychologisch richtige war. Sie rechnete mit der Mentalität der ehemals gegnerischen Länder und ging davon aus, dass über kurz oder lang eine Erkenntnis des wirklichen Sachverhalts eintreten würde durch eigene Einsicht der übrigen Nationen.

Ich bedaure, dass ein Wort, das ich bei Einleitung dieser sogenannten Erfüllungspolitik gesprochen habe, erheblichen Missverständnissen begegnet ist. Man hat aus Ausführungen, die ich im Reichstag tat, geschlossen, ich wäre der Meinung, Deutschland könne bis zu jedem beliebigen Masse seine Erfüllung treiben; es wäre lediglich eine Frage, wie weit man es für wünschenswert hielte, das Volk in Not geraten zu lassen. Ich würde eine solche Auffassung, wenn sie in meinen Worten erkennbar wäre, auf das tiefste bedauern. Was ich gesagt habe, war aber so ziemlich das Entgegengesetzte. Ich habe für die Möglichkeit der Erfüllung die stärkste Grenze gezogen, die man überhaupt ziehen kann, nämlich die sittliche. Ich habe erklärt, dass das Mass der Erfüllung gegeben sei durch die Frage, wie weit man ein Volk in Not geraten lassen dürfe. Dieses »dürfe« unterstreiche ich, denn darin war die sittliche Verpflichtung enthalten, nur bis zu dem Punkte zu gehen, den der Staatsmann verantworten kann. Diesem Grundsatz ist die Regierung treu geblieben. Es hat sich im Laufe des Jahres dann auch gezeigt, dass die Fragestellung »Möglichkeit oder Unmöglichkeit« der Erfüllung überhaupt nicht diejenige geworden ist, die die Mentalität der übrigen Länder ausschliesslich beschäftigt hat. In kurzer Zeit hat sich ergeben, dass eine weitere Frage hervortrat, nämlich die: wie weit eine Reparationsleistung Deutschlands überhaupt für die übrigen Völker erträglich sei, denn die volkswirtschaftliche Verknüpfung der Länder führte dazu, zu erkennen, dass die Zwangsarbeit eines Landes, auf den Weltmarkt gebracht, nur dazu führen kann, den gesamten Markt der Erde zu zerrütten, und damit, wenn auch auf einer Seite Zahlungen erlangt werden, Nachteile für andere Länder zu schaffen, die so erheblich sind, dass sie z. B. in England allein zu einer Arbeitslosigkeit von 2 Millionen Menschen führten. Psychologisch also hat sich das Vorgehen der Regierung als richtig erwiesen. Es war vermieden worden, eine fruchtlose Diskussion auf den Grad einer theoretischen Möglichkeit zu beschränken. Es war die Möglichkeit dadurch geschaffen, lediglich die Tatsachen sprechen zu lassen; und die Sprache der Tatsachen ist so stark gewesen, dass heute fast in allen Ländern übereinstimmend die Auffassung herrscht, dass das Reparationsproblem von neuem studiert werden muss. Es ist kein Tag vergangen, an dem das Studium des Reparationsproblems in der Welt geruht hätte. In energischer Weise ist die englische Auffassung für erneute Prüfung eingetreten, die Reparationskommission hat sich der Frage angenommen, und gerade in diesem Momente schweben die Verhandlungen darüber, auf welches Mass die Reparationen für das Jahr 1922 begrenzt werden sollen.

Mit dieser allgemeinen Auffassung der Regierung im Zusammenhang stand die praktische Politik, die sie im Laufe des Jahres verfolgt, und deren erste Etappe nach Wiesbaden führte.

Die Aufgabe von Wiesbaden war eine doppelte. Es handelte sich zunächst darum, überhaupt die Möglichkeit zu finden, wie erhebliche Zahlungen von einem Lande an ein anderes geleistet werden könnten; denn es war evident, dass es nicht möglich war, Goldleistungen von Deutschland ins Ausland zu führen, soweit nicht eine erhebliche Aktivität der Handelsbilanz vorhanden gewesen wäre, und diese war nicht vorhanden. Es handelte sich also darum, Modalitäten zu finden, um überhaupt dem Reparationsproblem eine Unterlage der Durchführbarkeit zu geben. Der Begriff der Sachleistungen trat in den Vordergrund. Es wurde versucht, zunächst mit Frankreich ein Abkommen der Sachleistungen zu schliessen und dieses Abkommen so einzurichten, dass der Strom an Gütern, der zu erwarten stand, in erster Linie dem Wiederaufbaugebiet zugeführt würde.

Daneben aber lag die zweite politische Aufgabe mit grösserer Wichtigkeit. Die Anknüpfung der Reparationsbeziehungen zur übrigen Welt war überhaupt nur denkbar, wenn zunächst diejenigen Gebiete berücksichtigt wurden, die am schwersten unter den Zerstörungen des Krieges gelitten hatten. Es ist eine europäische Notwendigkeit, dass die zerstörten Gebiete Frankreichs wieder aufgebaut werden. Solange sie als Wüsteneien zwischen Deutschland und Frankreich liegen, bleiben sie ein Symbol der Spaltung zwischen den Völkern. Immer wieder wird den Bewohnern dieser Gebiete Bitterkeit ins Gemüt geführt, und die Länder der Erde sehen in den zerstörten Gebieten das Wahrzeichen eines noch nicht wiederhergestellten Friedens. Ich halte es für dringend nötig, dass der Wiederaufbau der zerstörten französischen Gebiete sobald als möglich erfolgt, und ich glaube, dass das Zentralproblem der ganzen Reparationen darin liegt, dass Deutschland sein möglichstes tut, um diese Gebiete wiederherzustellen.

Die beiden Aufgaben wurden in Wiesbaden gestellt und gelöst. Es wurde ein Abkommen zwischen Deutschland und Frankreich hergestellt, das auch auf andere Staaten seine Anwendung finden konnte. Leider ist das Ergebnis von Wiesbaden zwar nicht, wie es wünschenswert gewesen wäre, ein Friedenswerk nach aussen und innen gewesen. Nach aussen mehr als nach innen. Im Innern entfaltete sich eine heftige Agitation und Kontroverse gerade gegen die Sachleistungen. Mit wechselnden Argumenten ging man vor. Man behauptete, dass das Wiesbadener Abkommen das deutsche Volk zugrunde richtete, man behauptete, wir hätten damit Frankreich eine Option auf unsere Konjunktur gegeben. Man behauptete, wir wären weit über unsere Verpflichtungen von Versailles hinausgegangen. Jede dieser Behauptungen wurde widerlegt, aber sie wuchsen nach wie die Köpfe der Hydra, und es wurde offenkundig, dass es weniger die wirtschaftlichen als die politischen Bestrebungen waren, die die grosse Agitation gegen Wiesbaden hervorriefen. Das wurde deutlich in dem Augenblick, als man behauptete, das Wiesbadener Abkommen hätte eine so schwere Spaltung zwischen Deutschland und England hervorgerufen, dass nunmehr England endgültig sich von jedem Interesse Deutschland gegenüber losgesagt habe. Dass dies nicht der Fall war, wurde mir von englischer Seite bestätigt; Engländer hoher Stellung erklärten mir, dass sie in dem Wiesbadener Abkommen unseren ersten politischen Schritt zur Verwirklichung des Reparationsproblems erblickten. Sie gingen so weit, zu sagen, dass ohne das Abkommen von Wiesbaden diejenigen weiteren Entwicklungen nicht möglich gewesen wären, die uns im Verlauf der Zeit nach Cannes führten.

Die Konferenz in Cannes ist, meine Herren, wie Sie wissen, nicht bis zu ihrem letzten Ende geführt worden. Sie wurde vorzeitig abgebrochen, durch innerpolitische französische Verhältnisse, durch die Amtsniederlegung des französischen Ministerpräsidenten. Wir können nicht sagen, dass Cannes eine endgültige Regelung im Sinne einer gesamten Ordnung der Zukunft uns gegeben hätte. Wir können aber auch nicht sagen, dass das Ergebnis von Cannes ein negatives gewesen sei. Es ist möglich geworden, durch die Verhandlungen, die dort und zuvor in London stattgefunden haben, ein Abkommen zu präliminieren, wenigstens für das Jahr 1922, das heute noch nicht ganz geregelt ist, aber das vermutlich in den nächsten Wochen seine Regelung finden wird. Es ist möglich geworden, in Cannes, den Vertretern der früher uns gegnerischen Nationen die gesamte deutsche Situation darzulegen, und zwar in grösserer Ausführlichkeit und Klarheit, als wir es vermocht hätten, wenn wir lediglich uns auf den negativen Standpunkt der Ablehnung jedes Erfüllungsversuches gestellt hätten. Es ist ferner in Cannes dazu gekommen, dass eine Konferenz aller Nationen für Genua in Aussicht genommen wurde, die nach wechselnden Schicksalen nun doch wahrscheinlich im April stattfinden soll. Auf der einen Seite ist der Reflex in der deutschen Oeffentlichkeit der gewesen, als Cannes beendet war, dass von Genua sehr wenig zu erwarten sei, dass die Ergebnisse völlig unbefriedigende seien, dass die Regierung dort nicht nur keinen Erfolg, sondern eigentlich, genau betrachtet, eine schwere Niederlage erlitten habe. Im merkwürdigen Kontrast dazu stand es, dass gerade von denselben Stellen, die in Genua eine vollkommene Gleichgültigkeit erblickten, in dem Augenblick, als die Boulogner Beschlüsse stattfanden, erklärt wurde, dass nun die letzte Hoffnung geschwunden sei, die wir in Deutschland hätten aufleuchten sehen. In einem der beiden Fälle müssen die Kritiker sich geirrt haben, entweder war in Cannes doch etwas erreicht worden oder der Verlust, der angeblich in Boulogne erlitten worden sein soll, konnte kein so überaus schwerer sein.

Ich glaube, dass tatsächlich ein doppelter Irrtum vorlag. Auf der einen Seite wurde die Genueser Konferenz unterschätzt in dem Augenblick, als sie auftrat, auf der anderen Seite wurden die Boulogner Beschlüsse überschätzt in dem Augenblick, als sie zur Wirklichkeit wurden. Diejenigen, die der Entwicklung näher standen, haben niemals daran gezweifelt, dass Genua nicht die Stelle sein konnte, an der von einem Gremium aus mehr als 40 Nationen, von denen ein grosser Teil weder Unterzeichner von Versailles noch

Kriegsbeteiligte waren, dass von diesen Nationen Beschlüsse nicht gefasst werden konnten über die Versailler Grundlagen oder über die Grundlagen der Reparationen. Boulogne hat die Bestätigung dafür erbracht, dass das Reparationsproblem und der Versailler Vertrag diesem Gremium zur Beschlussfassung nicht unterliegen kann. Eine Ueberschätzung von Genua kann indessen darin liegen, dass man erwartet, es könne von dort aus sofort eine neue Regelung der europäischen Verhältnisse ausgehen. Ich halte es für bedenklich, zu glauben, dass eine Gemeinschaft von 40 Nationen mit Vertretern, deren Zahl in die Hunderte geht, eine aktive Politik führen kann, die mit einem Schlage uns in eine neue politische Weltkonstellation führt, den Vertrag abändert und die Reparationen auf ein normales Mass zurückführt. Wohl aber wird die Möglichkeit vorhanden sein, dass in Genua die allgemeinen Ursachen der Welterkrankung erörtert werden, und dass die Nationen gemeinschaftlich nach solchen Wegen suchen, die zu einer Gesundung des ganzen Kontinents führten. Genua wird voraussichtlich das erste Glied einer Serie von Konferenzen sein, die vermutlich dieses und das nächste Jahr in Anspruch nehmen werden. Einen anderen Weg als den Weg der Konferenzen gibt es unter den heutigen Verhältnissen leider nicht. Begegnung der Staatsmänner findet statt auf Seiten der Entente; dort ist die Möglichkeit der Aussprache kontinuierlich gegeben. Für uns aber, die wir nicht in gleichem Masse in Verbindung stehen mit unseren Nachbarvölkern, ist eine Konferenz schon deswegen von Wichtigkeit, weil sie uns die Möglichkeit mündlicher Aussprache, persönlichen Kontaktes gibt, der unter allen Umständen vorzuziehen ist dem Wege der Noten und der diplomatischen Verhandlungen.

Wer also der Auffassung ist, dass von Genua eine neue Aera des Geschehens ausgehen wird, der, fürchte ich, wird eine Enttäuschung erleben. Ich habe den Eindruck, dass in wirtschaftlichen Kreisen trotz aller Enttäuschung über Boulogne ein solcher Optimismus besteht, und ich würde nicht wünschen, dass er sich befestigt. Wer aber der Meinung ist, dass von dem gegenwärtigen schwerkranken Zustand des gesamten europäischen und Weltwirtschaftskörpers ein Weg gefunden werden muss zu einer Gesundung, und wer der Meinung ist, dass dieser Weg nur durch gemeinschaftliche Aussprachen erreicht werden kann, dass dieser

Weg zwar lang, aber unter allen Umständen beschreitbar ist, der wird, glaube ich, in Genua dasjenige finden, was er sucht.

Was die Entwicklung der Reparationen selbst betrifft, so wird ihr Gremium voraussichtlich bis auf weiteres die Reparationskommission bleiben, und hinter der Reparationskommission diejenigen Mächte, die in erster Linie die Empfangsberechtigten sind. Ich glaube, dass die Entwicklung des Reparationsproblems folgenden Gang nehmen wird: man wird für das Jahr 1922, auch wohl für das Jahr 1923 zu Lösungen zu kommen suchen, die zunächst nur provisorische Lösungen sein werden. Sie können nur provisorisch sein, denn auf der einen Seite ist ein gewaltiges Geldbedürfnis bei den empfangsberechtigten Staaten, auf der anderen Seite ist die Zahlungskraft Deutschlands, insbesondere in Barmitteln, eine begrenzte. Die Erkenntnis ist wohl heute so ziemlich in der ganzen Welt verbreitet, dass ein Volk dem andern nur dauernd zahlen kann aus dem Ueberschuss seiner Zahlungs- und Handelsbilanz. Unsere Zahlungsbilanz ist schwer passiv, unsere Handelsbilanz ist in den letzten Monaten um eine Kleinigkeit aktiv geworden. Zahlungsmittel in bar sind somit nur in beschränktem Masse aufzubringen. Es kann daher für 1922 und 1923 wahrscheinlich nur ein Provisorium gefunden werden, das auch nicht entfernt den Wünschen extremistischer Gegenseiter entspricht, die im Anfang des vorigen Jahres noch die öffentliche Meinung beherrschten. Wir sehen heute einen erkennbaren Massstab für Barleistungen in der Tatsache, dass, sobald diese Leistungen eine bestimmte Menge überschreiten, die Wechselkurse gegenüber Deutschland ins Schwanken, in lebhafte Bewegung kommen. Die Dekadenzahlung von 31 Millionen, die als Vorprovisorium für die ersten Monate dieses Jahres uns zugemutet worden ist, von der ich in Cannes den Beteiligten gesagt habe, dass sie nur auf wenige Wochen beschränkt sein dürfe, hat bereits den Wechselkurs gegen Deutschland in starkem Masse zu unseren Ungunsten beeinflusst. Man darf sagen, dass die deutsche Leistungsfähigkeit in Barzahlung direkt ihr Mass findet in der Bewertung des Dollars an der Berliner Börse. Ich habe die Mitglieder der Reparationskommission, die sich vor einiger Zeit in Berlin aufhielten, darauf aufmerksam gemacht, wie unbedingt nötig es sei, schon jetzt, gleichviel ob die Regelung für das Jahr 1922 sich noch etwas hinzieht, die Dekadenzahlungen zu verringern, um den Dollarkurs nicht weiter in Bewegung zu setzen. Denn was es bedeutet, wenn die deutsche Währung ihren scharfen Rückgang fortsetzt, das wissen wir alle. Wir wissen, dass damit das Budget ins Wanken kommt, dass alle Lasten sich erhöhen, dass alle Lohn- und Gehaltsbemessungen von neuem in Frage gestellt werden, dass die ganze Kette der Bewertungen im Lande sich in Bewegung setzt. Es ist möglich, dass an den letzten Dollarbewegungen bis zu einem gewissen Grade Spekulation beteiligt war. Wir dürfen nicht vergessen, dass grosse Mengen deutschen Geldes im Besitz des Auslandes sind, und die Gefahr ist gross, dass, wenn eine starke Bewegung in unseren Valuten stattfindet, das Ausland erhebliche Beträge seiner Markbestände auf den Markt bringt. Ich hoffe nicht, dass gleiches spekulativ von deutscher Seite geschieht. Denn wenn man sich vorstellt, dass von deutscher Seite spekulative Käufe in fremden Devisen stattfänden, so wäre es das traurigste Phänomen, das man sich denken kann. Wir müssen im Auge behalten, dass jeder Deutsche, der spekulativ fremde Valuten kauft, auf nichts anderes als das Unglück unseres Landes spekuliert. Diese Kenntnis sollte sich soweit nur irgendmöglich verbreiten. Ich hoffe, dass Deutsche an der spekulativen Bewegung unserer Währung nicht beteiligt sind.

Wenn wir also für das Jahr 1922 und vielleicht auch für das Jahr 1923 nur zu provisorischen Regelungen kommen, so muss dafür gesorgt werden, dass einmal die endgültige Regelung eintritt. Und sie kann nur dann eintreten, wenn der grosse Kreis der wechselseitigen Verschuldung in Europa sich lockert. Denn wir dürfen nicht vergessen, dass das Reparationsproblem nur ein Teilproblem innerhalb des allgemeinen Weltverschuldungskreises bedeutet. Die Weltverschuldung umfasst Europa und Amerika gemeinschaftlich. Die europäischen Staaten fast sämtlich schulden direkt oder indirekt an Amerika, sie schulden ausserdem untereinander. Die meisten sind Gläubiger und Schuldner zugleich; diejenigen, die ausschliesslich Schuldner sind, sind wir. Schwerlich wird sich das Reparationsproblem aus dem allgemeinen Weltverschuldungsproblem herauslösen lassen. Dieses Weltverschuldungsproblem wird aber Gegenstand der Erörterungen in der Politik aller Länder während der nächsten Jahre sein müssen. Gelingt es, dieses Problem – und es wird nur gelingen unter dem Hinzutritt von Amerika – einer erträglichen Lösung zuzuführen, so ist damit auch die Lösung der deutschen Reparation ermöglicht.

In diesem Falle muss nämlich der Versuch gemacht werden, mit Hilfe aller europäischen und aussereuropäischen Kapitalstaaten eine grosse Anleihe zu Lasten Deutschlands aufzunehmen, sie den Empfangsberechtigten zu übergeben und damit das Reparationsproblem endgültig zu beseitigen. Ob unter den heutigen Verhältnissen Kapitalaufnahmen seitens Deutschlands in erheblichem Masse möglich sind, ist zu bezweifeln, denn der Versailler Vertrag steht der Kreditgewährung an Deutschland entgegen. Darüber hat sich niemand deutlicher ausgesprochen als der Leiter der Bank von England. In dem gleichen Masse, wie die Erkenntnis des Gesamtverschuldungsproblems in den Mittelpunkt des öffentlichen und des Weltinteresses tritt, wird man den Versuch machen müssen, der Kreditwürdigkeit Deutschlands zu helfen und dadurch eine Finanzoperation zu ermöglichen, die von ausserordentlich grossem Umfange sein kann und sein muss, um das grosse Problem zu lösen. Schon aus dem Grunde möchte ich wünschen, dass das Reparationsproblem seine Beendigung durch eine grosse Weltanleihe fände, weil ich der Meinung bin, dass der Zustand auf die Dauer schwer aufrechtzuerhalten ist, dass ein Volk Zahlungen direkt an einen oder mehrere seiner Nachbarn leistet. Die Anonymisierung der Schuld wird die Schuld erleichtern und wird sie dauernd tragbarer machen. Die Schuld an Nachbarn nimmt die Form eines Tributes an, und ein solcher Tribut ist nicht diejenige Form, unter der sich der Weltfrieden am besten konsolidiert.

Ich habe von den Aussichten Genuas gesprochen und darauf hingewiesen, dass auf der einen Seite vielleicht eine Enttäuschung für diejenigen entsteht, die von Genua die endgültige Regelung der Reparationsfrage erhoffen, dass aber auf der anderen Seite doch für uns die Erwartung besteht, dass Genua einen Markstein in der allgemeinen Entwicklung zum Weltfrieden darstellen wird. In hohem Masse wird das Ergebnis von Genua davon abhängen, welche Stellung Amerika entschlossen ist, zu dem Reparationsproblem, zum Friedensproblem überhaupt einzunehmen.

Amerikas Macht ist durch den Krieg gewaltiger gewachsen als die irgendeines anderen Landes. Der Eingriff Amerikas in das

Schicksal der Welt ist keinem anderen Eingriff zu vergleichen, der seit Jahrhunderten in das Leben der Völker stattgefunden hat. Durch sein Eintreten in den Krieg hat Amerika den Krieg entschieden, durch sein Eintreten in den Friedenskongress hat Amerika den Frieden entschieden und durch seinen Eintritt in die Weltprobleme der Verschuldung und der Sanierung wird Amerika in der Lage sein, die Weltentwicklung in wirtschaftlicher und friedenbringender Richtung zu entscheiden.

Vielfach hat man bei uns die Vorstellung, Amerika sei ein Land, das lediglich seinen grossen materiellen Aufgaben lebt, von der Natur begünstigt und in grossartiger Isolation. Ich glaube, dass wenig Länder so entschieden durch Erwägungen ideeller Art zu bewegen sind wie Amerika. Ich glaube, dass die Motive, die Amerika zum Krieg und zur Friedensschliessung getrieben haben, nicht so sehr auf materiellen Wünschen beruhten, wie auf der Ueberzeugung einer Verantwortung, und ich glaube deshalb, dass Amerika sich nicht derjenigen Verantwortung entziehen wird, die ihm durch sein entscheidendes Eingreifen in die europäischen Schicksale erwachsen ist. Ich weiss, dass in Amerika eine starke Tendenz besteht, die dahin gerichtet ist, zu sagen, Europa ist weit entfernt, mit den Händeln dieses alten Kontinents wollen wir nichts zu tun haben. Es ist durchaus verständlich, wenn eine solche Auffassung gehegt wird. Aber ich glaube, in Amerika werden Gegenkräfte wach und stark sein, die die Auffassung vertreten, Europa darf nicht zugrunde gehen, die Quellen der ältesten und stärksten Zivilisation dürfen nicht erschüttert werden. Es darf nicht vergessen werden, dass derjenige, der den Krieg bestimmt hat und den Frieden bestimmt hat, nun auch für das Wohlergehen derjenigen Völker, deren Schicksal bestimmt wurde, eine Verantwortung trägt. Ich glaube auch, dass diejenige Auffassung in Amerika, die sagt, wir sind materiell am Geschick Europas so gut wie uninteressiert, nicht das Richtige trifft.

Ich habe von Amerika her Stimmen vernommen, die behaupteten, der ganze Aussenhandel Amerikas nach Europa bedeute ausserordentlich wenig, er bedeute, sagten die einen 4 Prozent, die anderen 7 Prozent der amerikanischen Produktion. Ich glaube, dass diese Zahl in Amerika sehr ernstlich der Nachprüfung bedarf und dass sie auch eine Nachprüfung finden wird. Wäre tatsächlich die Produktion Amerikas 15 mal grösser gewesen als seine Weltausfuhr, so wäre diese Produktion so gewaltig, dass sie sich mit der Arbeiterzahl, über die Amerika verfügt, nicht entfernt hätte leisten lassen. Der Anteil der Ausfuhr an amerikanischer Produktion ist tatsächlich erheblich grösser, und Amerika wird auch in materiellem Sinne erkennen, dass es wünschenswert ist, einen so starken Konsumenten, wie es Europa ist, gesund zu erhalten. Es besteht somit die Hoffnung, dass auf amerikanischer Seite ideelle und materielle Momente zusammenwirken werden, um die gewaltige Kraft dieses Landes den europäischen Schicksalen wieder zuzuwenden, die von ihr abhängen. Gleichviel, ob Amerika sich entschliesst, sich an Genua zu beteiligen oder nicht, glaube und hoffe ich, dass Europa nicht ganz allein auf sich selbst in der Regelung seiner überaus schwierigen Verschuldungsverhältnisse und in der Ordnung, in der Wiederherstellung seiner tief erkrankten wirtschaftlichen Gliederung angewiesen sein wird.

Wenn wir in einigen Wochen nach Genua gehen werden, so werden wir es nach eingehender Vorbereitung aller derjenigen Probleme tun, die Deutschland beherrschen, und vor allem derjenigen, die auf das Schicksal Europas einen wirtschaftlichen Einfluss ausüben. Ich glaube, dass es uns möglich sein wird, dort einen Boden zu finden, der für die Erörterung wirtschaftlicher Grundfragen vorbereitet ist, und hoffe, dass die Anbahnung eines künftigen wirklichen Friedenszustandes gelingt. Wir leben freilich nicht mehr im Kriege, aber wir leben noch immer weit entfernt vom wirklichen Frieden. Noch immer leben die Völker in dauernder, sich verstärkender wirtschaftlicher Abschliessung, noch immer leidet Deutschland unter einseitiger Behandlung, noch immer leben wir unter der Regie von Noten, die unser politisches Leben erschweren und beunruhigen, noch immer ist im Osten schlesisches Land besetzt und im Westen die Städte, die unter dem Namen von Sanktionen okkupiert worden sind. Das ist noch nicht der wahre Friede der Welt, das ist noch nicht der wahre Friede Deutschlands! Ich habe die Hoffnung und den Glauben, dass dieser wahre Frieden der Welt herannaht. Die Aufgabe unserer Politik ist, mit allen Mitteln daran zu arbeiten, dem Frieden näher zu kommen, Vertrauen im Kreise der Völker zu erwerben und zu erhalten, aber auch gleichzeitig unsere Rechte zu wahren. In diesem Sinne gedenken wir die Fahrt nach Genua anzutreten, in diesem Sinne hoffen wir, dass Genua einen Markstein auf dem Wege zu wirklicher Befriedung der Erde bilden wird!

Reichstagsrede vom 29. März 1922

Als ich vor nunmehr zwei Monaten im Auswärtigen Ausschuss des Reichstages über Cannes berichtete, habe ich ausgesprochen, es könnten Nachtfröste kommen und die junge Saat des Friedens schädigen. Das Klima Europas schien mir damals noch nicht genügend erwärmt, um hoffen zu dürfen, dass ein Vorfrühling des Friedens eintreten werde.

In Cannes war manches erreicht. Die Goldzahlung von fünf Milliarden, die das Ultimatum uns auferlegte und die zum Teil bestanden in festen Leistungen, zum andern Teil in den Abgaben des Index, zum dritten Teil in den Goldleistungen für Besatzungskosten, war auf 720 Millionen verringert worden. Es war den deutschen Vertretern Gelegenheit gegeben worden, unsere wirtschaftliche Lage unumwunden der Entente darzulegen, und es ist seitdem noch nicht eine autoritative Stimme aufgetreten, die unsere Ausführungen widerlegt.

Des ferneren war zum ersten Male eine Weltkonferenz in Aussicht genommen, an der Deutschland als gleichberechtigter Faktor teilnehmen sollte.

Die Konferenz in Cannes fand kein natürliches Ende. Durch den Sturz des französischen Ministerpräsidenten Briand war die Situation von Grund aus geändert. Die endgültige Entscheidung, die von der Konferenz erwartet wurde, ging auf die Reparationskommission über.

Uns wurde anheimgestellt, der Reparationskommission ein Anerbieten zu machen. Für diese Offerte waren die Grundlinien vorgezeichnet; sie waren vereinbart zwischen England und Frankreich, und es war uns davon Kenntnis gegeben, dass das Moratorium, das wir verlangten, uns gewährt werden würde, wenn wir die Bedingungen annähmen, die man uns vorschlug. Das Moratorium mussten wir haben; denn die Goldzahlungen des Januar und Februar waren nicht zu leisten. So wurde die Offerte so eingereicht, wie sie vereinbart war.

Bis zur endgültigen Entscheidung aber wurde von der Reparationskommission uns eine Dekadenzahlung im Betrage von 31 Millionen für alle zehn Tage auferlegt. Schon in Cannes habe ich die

Reparationskommission darauf aufmerksam gemacht, dass eine solche Dekadenzahlung von Deutschland nur für ganz kurze Zeit geleistet werden könne, wenn nicht die Gefahr entstehen sollte, dass die deutsche Valuta aufs schwerste zerrüttet würde. Ich bin auf diese Aeusserungen der Reparationskommission gegenüber zurückgekommen; ich habe mehrmals mündlich und schriftlich darauf hingewiesen, dass die Zeit sich allzu sehr verlängerte, dass die Zahlungen der Dekaden dieselbe Wirkung haben müssten, die ich in Cannes vorausgesagt hätte. Tatsächlich ist auch die Zerrüttung unserer Valuta eingetreten: der Aufstieg des Dollars von 160 bis auf über 300.

Die Verhandlungen mit der Reparationskommission zogen sich in die Länge, nicht Verhandlungen zwischen uns und ihr, sondern Verhandlungen, die sie selbst mit dem französischen Ministerpräsidenten zu führen hatte, dem sie ihr Mandat zunächst in die Hände gelegt hatte und von dem sie es zurückerhielt.

Während dieser Zeit haben wir, dem Wunsche der Reparationskommission entsprechend, mit denjenigen Delegierten verhandelt, die uns gesandt wurden, nämlich in erster Linie mit Herrn Bemelmans, in der Absicht, die Sachleistungen für uns und auch für diejenigen Länder, die anspruchsberechtigt waren, durchführbar zu machen, nämlich für England, Belgien, Italien und Serbien. Ein Abkommen wurde präliminiert. Kurze Zeit darauf erschien unangemeldet der französische Delegierte Herr Gillet, abermals mit Zustimmung der Reparationskommission, um den Versuch zu machen, auch hinsichtlich der französischen Sachleistungen neue Modalitäten mit uns zu verabreden, die dann gleichfalls in Vorbesprechungen geklärt wurden. Von unserer Seite also wurde nichts versäumt während der langen Periode, innerhalb deren die Reparationskommission mit ihrer Entscheidung zögerte. Wie Sie wissen, ist diese Entscheidung erfolgt am 21. März und sie hat Deutschland auf das schwerste enttäuscht. Sie hat nicht nur uns enttäuscht, sondern einen jeden in der Welt, der eine Hoffnung auf wirklichen Frieden und eine mögliche Regelung des Reparationsverhältnisses hegte.

Um die Entwicklung dieser Wochen zu verstehen – zwei Monate vergingen während dieser Verhandlungen – müssen wir uns klar machen, welche bedeutende Wandlung im politischen Weltgeschehen eingetreten war. In Frankreich hatte ein Staatsmann die Zügel ergriffen von grosser Erfahrung in internationalen Verhältnissen und von rückhaltsloser Willenskraft. Poincaré nahm den Kampf gegen England auf, und Boulogne hat uns gezeigt, dass dieser Kampf nicht ganz erfolglos gewesen ist. Wenn auch in Boulogne neue Beschlüsse nicht gefasst wurden, wenn auch nur das bestätigt wurde, was ursprünglich schon auf der Einladungskarte für Genua gestanden hatte, so war doch diese Wiederholung eine Bekräftigung desjenigen Willens, der uns verhindern sollte, die Frage der Reparationen in Genua zur Sprache zu bringen, diejenige Beschränkung der Konferenz aufzuerlegen, die ihr eigentlich das Herz ausbrach. Von einer starken parlamentarischen Mehrheit getragen, begann Poincaré seine Politik, und sie hat sich in kurzer Zeit auf allen Schauplätzen der Politik ausgewirkt, nicht nur England gegenüber, sondern auch im näheren Osten, wo die Zahl der Bündnisse, Verständigungen und Militärkonventionen fast von Tag zu Tag wuchs, nicht nur in Kleinasien, wo die französisch-türkische Politik vordrang gegenüber der englisch-griechischen. Die Auswirkung erstreckte sich auch auf uns, und zwar zeigte sie sich zunächst in einem Hagel von Noten, die seitens der interalliierten Militärkommissionen auf uns herniederprasselten. Ich habe zählen lassen, dass wir etwa im Laufe von zwei Monaten 100 Noten von diesen Kommissionen zur Beantwortung bekamen. Sie können sich denken, dass es nahezu einer Lahmlegung der Behörden gleichkommt, wenn sie gezwungen sind, täglich und nächtlich an der Beantwortung dieser Schriftstücke zu arbeiten. Von dem letzten Herrn Redner ist auf die sehr unerfreulichen Entwicklungen hingewiesen worden, die die Abgrenzung am Weichselgebiet in der letzten Zeit erfahren hat. Wir haben nicht unterlassen, nicht nur die Botschafterkonferenz, sondern alle Mächte einzeln darauf hinzuweisen, dass hier ein schweres Unrecht im Zuge ist, und es ist wenigstens erreicht worden, dass die Botschafterkonferenz zunächst ihre Entscheidung zurückgestellt hat.

Etwas Tragisches liegt darin, dass die gegenwärtig stärkste Militärmacht der Welt, dass Frankreich in seinem ganzen Tun und Handeln bestimmt wird durch die Besorgnis vor einem deutschen Angriff, vor einem Angriff eines vollkommen entwaffneten Landes, das kaum so viel Soldaten aufbringt, um seine innere Ruhe zu erhalten. Es ist in hohem Masse bedauerlich, dass durch diesen Gedanken Frankreichs jede Behandlung europäischer Probleme eine politische Seite erhält.

Gerade auf einem derjenigen Gebiete, mit denen sich die Noten der letzten Zeit besonders intensiv beschäftigen, trat diese politische Tendenz in bedauerlicher Weise hervor. Ich spreche von denjenigen Noten, die sich auf unsere Schutzpolizei beziehen. Es ist durchaus verständlich, wenn in einem geordneten, mit starker Militärmacht versehenen Lande, wenn in einem Lande mit ungeschwächter Staatsautorität ein Gendarmeriesystem vertreten wird, das auf rein munizipaler, örtlicher Organisation beruht. Für Deutschland ist eine solche Regelung nicht tunlich. Wir leben in einer Zeit des Uebergangs, der schwersten Zerrüttung unserer wirtschaftlichen Verhältnisse. Wir leben in einer Zeit, in der schwer gebändigt unter der Oberfläche die Mächte der Unruhe sich bewegen. Wir leben in einem Lande mit geschwächter Staatsgewalt, und wir sind deshalb darauf angewiesen, für Ruhe im Lande zu sorgen. Das ist nur dann möglich, wenn eine wirksame Polizeigewalt im Lande existiert.

Unter solchen Auspizien der äusseren und der Gesamtpolitik ist die Note der Reparationskommission erwachsen. Die Kritik an der Note hat gestern der Herr Reichskanzler geübt, und ich habe dieser Kritik nicht ein Wort hinzuzufügen. Um aber die Voraussetzungen und Tendenzen klarer zu verstehen, auf die sich die Note gründet, ist es erforderlich, dass wir uns in einen fremden Vorstellungskreis zu versetzen suchen und einige Irrtümer dieses Vorstellungskreises beleuchten.

Der erste Irrtum, mit dem wir uns befassen müssen, ist die übertriebene Vorstellung des Auslandes von dem Begriff der Inflation und ihren Wirkungen. Immer wieder tritt uns die Vorstellung entgegen, dass, wenn unser Geldwert zerrüttet ist, das nur auf den Notendruck zurückgeführt werden kann. Das Rezept dagegen, das uns gegeben wird, ist: Stoppt eure Notenpresse, bringt euer Budget in Einklang, und das Unglück ist behoben! Ein schwerwiegender volkswirtschaftlicher Irrtum! Für ein Land mit aktiver Zahlungsbilanz ist die Gesundung des Geldes dadurch möglich, dass man deflationistische Politik betreibt, die Balance des Haushalts herstellt und die Notenpresse stoppt. Anders liegt es aber für ein Land mit passiver Zahlungsbilanz. Ich fordere jeden Kenner des Wirtschaftslebens auf, mir einen Weg zu nennen, auf dem einem Land mit passiver Zahlungsbilanz ermöglicht wird, dauernd Goldzahlungen zu leisten ohne Hilfe fremder Anleihen und dabei seine Valuta intakt zu halten. Niemals ist der Versuch gemacht worden, ein solches Rezept zu geben, und es kann nicht gegeben werden. Denn ein Land, das Gold nicht produziert, kann Gold nicht zahlen, es sei denn, dass es dieses Gold durch Ausfuhrüberschüsse kauft oder dass ihm das Gold geliehen wird.

Der Kreislauf unserer Valutazerrüttung ist der folgende: passive Zahlungsbilanz, infolgedessen die Notwendigkeit, unsere Zahlungsmittel im Auslande zu verkaufen oder auszubieten; dadurch Entwertung der ausgebotenen Ware, der verkauften Zahlungsmittel; dadurch Schädigung des Geldwertes im Auslande, Schädigung der Valuta. Weitere Folge: Ansteigen aller Preise im Inlande, Ansteigen aller Materialkosten und aller Personalkosten. Weitere Folge: das Klaffen des Budgets; denn ein Budget besteht aus keinen anderen Ausgaben als aus sachlichen und persönlichen, und wenn diese beiden ohne Gegenwert steigen, so ist jedes Budget, und mag es vorher noch so sehr im Einklang gewesen sein, zerrüttet.

Wer den Beweis für die Richtigkeit dieser Anschauung noch braucht, der sei darauf hingewiesen, wie sich tatsächlich unser Geldwert im Ausland während einer Zeit vollkommen stabilen Weiterganges der Inflation bewegt hat. Wir haben bei diesem stabilen Gang im Herbst letzten Jahres einen Dollarkurs von 300 erlebt, er hatte sich im Dezember auf etwa 160 ermässigt, er ist abermals gestiegen auf 350, und alles das stand nicht im Zusammenhange weder mit dem Druck der Notenpresse noch mit dem Fortgang der Inflation.

Einen zweiten Irrtum der ausländischen Auffassung von unserer Zahlungsfähigkeit habe ich zu erwähnen. Er betrifft die Frage unserer Steuerbelastung. Wir haben der Reparationskommission und der Konferenz in Cannes das Material übergeben, das den Nachweis erbrachte, dass Deutschland heute schwerer mit Steuern belastet ist als andere Länder. Von keiner Seite ist der Versuch gemacht worden, unsere Rechnungen zu entkräften. Anerkannt wurde, dass die Kalkulationen überaus schwierige sind, dass es ernster theoretischer Auseinandersetzungen bedarf und nicht mechanischer Vergleiche von Zahlen, die auf Dollars übersetzt werden. Aber der Versuch einer Widerlegung ist nicht gemacht worden. Das einfachste Beispiel kann ja nicht widerlegt werden. Wenn in Deutschland das Einkommen der höchsten Staatsbeamten 300 oder 500 Dollars beträgt, so kann dieser Staatsbeamte keinesfalls mehr als 300 oder 500 Dollars Steuern zahlen. Das schliesst aber keineswegs aus, dass ein Staatsbeamter eines anderen Landes, der 3000 oder 5000 Dollars verdient, sehr wohl mehr Steuern zahlen kann, als die ganzen Einnahmen des deutschen Staatsbeamten betragen.

Ein dritter Irrtum, der bereits von Herrn Abgeordneten Stresemann erwähnt wurde, ist der, dass man uns vorhält: eure Wirtschaft ist voll beschäftigt, ihr habt keine Arbeitslosen, bei euch raucht jeder Schornstein, bei euch laufen alle Maschinen mit Volldampf; wo bleibt nun das Produkt dieser Arbeit? Dieses Produkt muss doch vorhanden sein, es muss dazu dienen, die deutsche Vermögenssubstanz anzureichern, und dieses Produkt muss für Reparationen fassbar sein. Die Antwort auf diese Frage habe ich in Cannes gegeben, und ich werde es hier noch einmal mit grösserer Deutlichkeit tun.

Die Reparationen, die wir im letzten Jahre gezahlt haben, beliefen sich auf anderthalb Milliarden Goldmark. Diese anderthalb Milliarden Goldmark bedeuten nicht mehr und nicht weniger als die Jahresarbeit von einer Million deutschen Arbeitern. Wir haben, wie Sie wissen, durch den Niedergang unserer Landwirtschaft eine erhebliche Einfuhr von Lebensmitteln nötig. Diese Einfuhr belief sich im letzten Jahre auf 2 Milliarden Goldmark, und sie bedeutet abermals die Arbeitskraft eines ganzen Jahres von einer Million Deutschen. Unseren Auslandsbesitz haben wir verloren, die Guthaben und Investitionen, den Ueberseebesitz. Die Einnahmen aus diesen Besitztümern betragen weit über eine Milliarde Gold, und diese Einnahmen verwandelten sich in einen Zustrom von Rohstoffen und von Waren, für die wir Gegenwerte nicht zu leisten brauchten. Wenn wir heute diese Rohstoffe und Güter uns durch Kauf beschaffen müssen, so haben wir dafür Arbeit zu leisten, und es ist abermals die Arbeit von einer Million Deutschen erforderlich, um den Gegenwert zu bezahlen. Wir kommen also zu der Rechnung, dass drei Millionen Deutsche gegenwärtig Jahr für Jahr zu arbeiten haben, um denjenigen Stand einigermassen wiederherzustellen, der uns vor dem Kriege ohne diese Arbeit beschieden war. Es wird also gleichsam von drei Millionen Menschen die Arbeit kompensationslos verzehrt; das bedeutet freilich einen Zustand von starker Beschäftigung des Landes, aber nicht von produktiver Beschäftigung.

Einen vierten Irrtum hat Herr Stresemann erwähnt, auf den ich mit wenigen Worten ergänzend eingehen möchte. Es wird uns vom Auslande entgegengehalten: eure Industrie ist blühend; eure Gesellschaften zahlen hohe Dividenden; sie emittieren neues Kapital; sie schaffen also grosse neue innere Werte. Auch dieser Schluss ist falsch. Denn wenn wir das Beispiel einer Gesellschaft von 100 Millionen Aktienkapital nehmen und annehmen, dass diese Gesellschaft selbst 20 Prozent Dividende zahlt, so hat sie auf die Goldwerte ihres Aktienkapitals nicht mehr als ¼ Prozent gezahlt. Es bleibt dabei aber unberücksichtigt, dass sie mindestens, um ihren Stand an Maschinen und Einrichtungen aufrechtzuerhalten, eine jährliche Rücklage in Gold machen müsste, die, auf Papier umgerechnet, ein Vielfaches des Aktienkapitals ausmacht. Wenn also eine solche Gesellschaft selbst 20 Prozent Dividende zahlt, so fehlen ihr jedes Jahr vielleicht 200, vielleicht 300, vielleicht 500 Prozent ihres Aktienkapitals an den notwendigsten Rückstellungen.

Ich habe die volkswirtschaftlichen Trugschlüsse erwähnt, die eine Erklärung für die Atmosphäre bilden, innerhalb deren die Reparationsnote entstanden ist. Ich darf aber nicht an den erheblichen gefährlichen Irrtümern vorübergehen, die sich in der politischen Mentalität des Auslandes abspielen. Ich nenne von diesen Irrtümern nur zwei. Der eine lautet: Deutschland hat nichts gezahlt und will nichts zahlen. Der andere lautet: Deutschland hat nicht entwaffnet und will nicht entwaffnen.

Meine Herren! Ich möchte Ihnen zwei Aufstellungen verlesen, die ich gemacht habe, um diese Fragen zu beantworten. Zunächst: Deutschland hat nichts gezahlt und will nichts zahlen. Es ist schwer, genaue Schätzungen aufzustellen für alle diejenigen Leistungen, die Deutschland in der Vergangenheit seit Beendigung des Krieges hingegeben hat. Aber wenn auch die Schätzungen vielleicht nicht auf die letzten Dezimalen genau zu sein brauchen, so geben sie doch ein deutliches und unwiderlegliches globales Bild von der Gesamtheit der deutschen Leistung.

Ich erwähne folgende Posten: Das deutsche liquidierte Eigentum im Auslande hat einen Wert von 11,7 Milliarden, die übergebene Flotte hat einen Wert von 5,7 Milliarden, das Reichseigentum in den abgetretenen Gebieten beläuft sich auf 6,5 Milliarden Mark, übergebenes Eisenbahn- und Verkehrsmaterial beläuft sich auf 2 Milliarden Goldmark (Zuruf rechts: alles Goldmark?) – alles Goldmark! – Rücklassgüter nicht militärischen Charakters 5,8 Milliarden Goldmark, der Verlust der deutschen Ansprüche an seine Kriegsverbündeten beläuft sich auf 7 Milliarden Goldmark. Der Wert der Saargruben wird von uns auf 1,1 Milliarden Goldmark beziffert. Die Kohlenlieferungen, die wir getätigt haben, zum Weltmarktpreis gerechnet, belaufen sich auf 1,3 Milliarden Goldmark. Barzahlungen für Reparationen sind bekanntlich 1,3 Milliarden Goldmark gewesen. Eine Reihe von kleineren Posten – kleiner, obwohl sie in die Milliarden laufen – übergehe ich, sie betragen im ganzen 3,2 Milliarden Mark. Wir kommen somit zu einer Gesamtsumme der deutschen Leistungen seit Kriegsende von 45,6 Milliarden Goldmark. – Hierbei ist der Wert der Kolonien und der reine Wirtschaftswert der abgetretenen oberschlesischen und westpreussischen Gebiete nicht in Ansatz gebracht. Fügt man den nach mittleren Schätzungen hinzu, so erhöht sich diese Summe auf weit über 100 Milliarden Goldmark.

Das habe ich dem Auslande zu sagen, das durch eine starke Propaganda heute noch immer die Meinung zu hören bekommt, Deutschland habe nichts gezahlt und Deutschland wolle nichts zahlen. Es ist die stärkste Zahlungsleistung von Deutschland ausgegangen, die jemals von einem Volke der Erde an andere Völker geleistet worden ist.

Die andere Behauptung lautet: Deutschland habe nicht entwaffnet und wolle nicht entwaffnen. Auch hier werde ich Ihnen eine Reihe von Zahlen geben und bitte dabei zu bedenken, dass sich in diesen Zahlen nicht die ganze Entwaffnung Deutschlands ausdrückt, dass sie nicht die gewaltige Heeresreduktion umfassen und dass sie den Verlust unserer Festungen nicht enthalten. Es sind unter anderem abgeliefert worden an Gewehren und Karabinern 5,8

Millionen, an Maschinengewehren 102 000, an Minenwerfern und Granatwerfern 28 000, an Geschützen und Rohren 53 000, an scharfen Artilleriegeschossen und Minen 31 Millionen, an scharfen Hand-, Gewehr- und Wurfgranaten 14 Millionen, an Zündern 56 Millionen, an Handwaffenmunition 390 Millionen und an Pulver 31 900 000 Kilo. Demgegenüber ist die Behauptung eine vermessene, dass Deutschland zur Abrüstung nichts getan habe. Die deutsche Abrüstung ist eine Leistung von unerhörter Grösse, und es ist nicht wahr, wenn man behauptet, dass einige Waffenfunde, die in Deutschland gemacht worden sind, an diesem Bilde irgend etwas Wesentliches ändern. Noch in 100 Jahren wird man vermutlich irgendwo in deutschem Boden vergrabene Waffen finden, gerade so gut wie man heute noch römische Münzen oder longobardische Schwerter im Boden findet. Eine 100 prozentige Leistung auf dem Gebiet einer grossen Aktion gibt es nicht, und wenn hier Bruchteile eines Prozentes zurückgeblieben sein mögen, so ist kein Grund dafür, diese Tatsachen in Form von Entdeckungen aufzubauschen. Kein denkender Mensch in der Welt kann annehmen, dass Deutschland mit dem, was ihm an Waffen oder an Kriegern verblieben ist, einen Krieg führen kann. Jeder Mensch, der heute vertraut ist mit dem technischen Wesen eines Krieges, weiss, dass ein neuzeitlicher Krieg nicht zu führen ist mit Resten von Waffen, dass er überhaupt nicht zu führen ist mit vorhandenem Material, sondern dass er nur geführt werden kann durch Umstellungen der gesamten Industrialität eines Landes. Diese Umstellung aber ist in Deutschland nicht möglich, und somit sind alle Bemühungen vergeblich, die darauf hinauslaufen, etwa den Beweis deutscher Wehrkraft dadurch zu bringen, dass noch ein halbes oder ein viertel Prozent der deutschen Waffen nicht abgeliefert sein möge.

Damit will ich den verborgenen Waffen aber nicht das Wort reden. Ich halte es für tief bedauerlich, dass das Reich in Gefahr gebracht worden ist durch solche Personen, die Waffen versteckt haben mit irgendwelchen unklaren und verworrenen Absichten, ohne sich deutlich zu machen, dass wir dadurch von neuem den Beschwerden von Kommissionen und schweren politischen Verwirrungen ausgesetzt werden. Die Reichsregierung wird und muss alles tun, um diejenigen Verpflichtungen, die sie übernommen hat, durchzuführen, und es soll ihr dabei niemand in den Arm fallen.

Die Abrüstung Deutschlands bezeichne ich als eine vollkommene, und ich bezeichne sie um so mehr als eine vollkommene, als sie stattgefunden hat in einem Europa, das von Waffen starrt. Die beabsichtigte Abrüstung der Welt, wozu hat sie geführt? Sie hat dazu geführt, dass gegenwärtig in Europa nicht 3,7 Millionen Soldaten unter Waffen stehen, wie vor dem Kriege, sondern 4,7 Millionen. In dieser waffenstarrenden Welt kann man von einem bewaffneten und kriegsbereiten Deutschland nicht sprechen, wenn man ehrlich die Verhältnisse betrachtet.

Aber, meine Damen und Herren, es ist doch einmal nötig auszusprechen: wenn Deutschland diese gewaltigen Leistungen getätigt hat, die Leistungen seiner Zahlungen auf der einen Seite, die Leistungen seiner Entwaffnung auf der anderen Seite, unter welchen physischen und moralischen Verhältnissen Deutschland diese beiden grossen Taten vollbracht hat. Halb verhungert ging das Land aus dem schwersten aller Kriege hervor; aber nicht nur aus dem Kriege, sondern aus einer Blockade, die sich noch nahezu ein Jahr über Kriegsende hinaus verlängert hatte. In diesem Zustande durchschritt das Volk eine Revolution und eine Reihe von wirtschaftlichen Krisen, die heute noch nicht beendet ist. Eine Geldentwertung trat ein, die, wie es Herr Stresemann mit beweglichen Worten ausgeführt hat, den Mittelstand zerbrach, die eine Umschichtung der Stände herbeigeführt hat, wie sie bedauerlicher nicht gedacht werden kann, die Elend und Entbehrungen in alle Schichten des Volkes und fast in jede Familie gebracht hat. Die Intelligenz des Landes, unsere kulturellen Werte sind in schwerster Gefahr und Bedrängnis. Der Kanzler hat geschildert, wie es kaum mehr möglich ist, die notwendigsten Institute der gesundheitlichen Pflege zu erhalten. Die Wissenschaft ist in Gefahr. Tausende haben ihre Studien unterbrechen müssen, haben sich anderen Berufen zugewandt. Der Berufswechsel in Deutschland, die Verarmung der geistigen Schichten hat die kulturelle Kraft unserer Bevölkerung um Jahre zurückgeworfen.

Gleichzeitig aber hat auf dem Lande, das die Leistungen vollbrachte, von denen ich sprach, die Leistungen der Zahlung und der Abrüstung, ein Druck gelastet, der bis zum heutigen Tage nicht behoben ist, der schwere Druck des Gemütempfindens, der Schmerz um verlorene Heimat, der Druck der Okkupationsheere im

Osten und Westen, der Druck der Sanktionen, die uns drei Städte im Frieden entrissen haben, der Druck der Kommissionen, die im Lande herumreisen und in alle unsere Verhältnisse eingreifen. Dieser schwere Druck hat auf dem Volke gelastet neben dem wirtschaftlichen und neben dem sozialen, während es diejenigen Leistungen vollbrachte, die ich erwähnt habe. Ich glaube nicht, dass es ungerecht ist, zu fragen, ob je ein Volk in geschichtlichen Zeiten im Frieden einer härteren Probe unterworfen worden ist. Wie aber hat sich Deutschland den Verhältnissen gegenüber selbst verhalten? In dieser Zeit der schwersten Not, der schwersten Sorge, der stärksten moralischen und physischen Anspannung ist Deutschland dasjenige Land gewesen, das Europas Zivilisation erhalten hat; denn hätte Deutschland in dieser Zeit den Willen zur Ordnung und Disziplin sinken lassen, hätte sich Deutschland in dieser Zeit in Umsturz gleiten lassen, so wäre für die europäische Zivilisation eine Rettung nicht mehr erwachsen. Wir verlangen für das, was wir geleistet haben, von aussen keine Anerkennung und keinen Dank; aber wir dürfen erwarten und verlangen, dass sich die Welt endlich entschliesst, die deutschen Verhältnisse so zu sehen, wie sie sind. Es ist nötig, dass in die fremden Länder diejenigen Stimmen hineindringen – und deshalb darf ich auch die meine erheben –, die behaupten und beweisen, dass die Leistungen Deutschlands die Achtung der Welt verdienen.

Da, wo unser schwerstes Unglück liegt, entspringen aber, wie ich glaube, auch die Quellen unserer Hoffnung, die leider heute noch spärlich fliessen. Denn, sind diese Dinge wahr, die ich ausgesprochen habe, und sie sind es, so haben sie die Unaufhaltsamkeit der Wahrheit. Die Wahrheit ist ein Strom, der sich nicht in Flaschen versiegeln lässt. Es ist zweifellos, dass man die Wahrheit lange Zeit unterdrücken kann; aber schliesslich macht sie ihren Weg um die Erde, und wenn die Wahrheit den Weg um die Erde antritt, dann ist auch für uns der Augenblick des Friedens gekommen, den wir ersehnen.

Ich kehre zur Reparationsnote zurück. Ihre Beantwortung hat der Kanzler gestern deutlich umschrieben. Er hat ausgesprochen, dass die Tür der Verhandlungen nicht geschlossen ist; denn dieser Verhandlungen bedürfen wir schon deswegen, um zurückzukommen auf diejenigen Goldleistungen, die von der Reparationskommission in Aussicht genommen worden sind. Wir haben die Absicht, der Reparationskommission zu sagen, dass unter den heutigen Verhältnissen der Geldentwertung wir einen anderen Zahlungsplan für 1922 erwarten. Richtlinien für die Verhandlungen mit der Reparationskommission aber bleiben die beiden vom Kanzler ausgesprochenen: ein Neubau unseres Steuerkompromisses ist nicht möglich und ebensowenig möglich ist ein Eingriff in unsere Staats- und Finanzhoheit.

Herr Stresemann hat die Mahnung ausgesprochen, an die ich mich zu halten beabsichtige, nicht auf diejenigen Punkte zurückzugreifen, die in der Vergangenheit die Auffassungen innerhalb dieses Hauses getrennt haben. Es sind gestern schwere Vorwürfe gegen die vergangene Politik des Kabinetts erhoben worden. Ich gehe darauf nicht ein, weil auch ich den Wunsch habe, dass wir gemeinschaftlich an der Zukunft und nicht getrennt an der Vergangenheit arbeiten. Aber eins möchte ich nicht ungesagt lassen: Ich glaube, dass das Kabinett es für sich beanspruchen darf, dass es ihm möglich gewesen ist, im Jahre der stärksten Gefahr die Einheit und Unversehrtheit des Reichs zu erhalten, und ich behaupte, dass mit keiner anderen Politik die Unversehrtheit und Einheit des Reiches gewahrt worden wäre.

Die Politik, die wir zu führen beabsichtigen, ist die Politik des Friedens. Wir führen sie in der freien Ueberzeugung und in dem Glauben an unsere gute und gerechte Sache.

Wir wollen die Erfüllung, soweit sie im Rahmen der Möglichkeit liegt, nicht als Selbstzweck, sondern als Weg zum Frieden. Wir wollen den Wiederaufbau der zerstörten Gebiete als Weg zum Frieden, und wir wollen nach Kräften beitragen zur Entbürdung und zum Wiederaufbau der Welt.

Freilich, vom wahren Frieden sind wir noch weit entfernt. Noch immer herrscht ein tiefes Misstrauen zwischen den Völkern, gesteigert oftmals bis zur Feindseligkeit des Wortes und der Handlung. An Stelle gemeinschaftlicher Arbeit verkettet den Erdkreis ein Ring gemeinschaftlicher Verschuldung. Europa starrt von Waffen, und es findet sich nicht der Staatsmann und nicht die Nation, die sich zum befreienden Gedanken und zur befreienden Tat aufrafft. Nach dreijährigem Frieden ist unser eigenes Land noch immer friedlos, zum Teil militärisch besetzt, zum Teil militärisch kontrolliert.

Kann nun Genua dieser friedlosen Welt den ersehnten Frieden bringen? – Amerika hat die Beteiligung an Genua abgelehnt mit der Begründung, Genua sei eine politische Konferenz; Hauptfragen der wirtschaftlichen Probleme werden in Genua nicht behandelt, und somit bleiben wir fern. In Boulogne ist nochmals bekräftigt worden, dass die Probleme der Reparation, der Grundlagen des Versailler Friedens, nicht der Beschlussfassung unterliegen sollen. Dennoch hat der Kanzler gestern in seiner Rede die hoffnungsvollere Seite von Genua erwähnt. Ich stimme seinen Ausführungen bei und will das von ihm selbst beschränkte Mass von Hoffnungen nicht herunterstimmen. Dennoch werden wir unsere Stellung zu Genua erneut zu prüfen haben. Wir müssen erwägen, mit welchen Gedanken, aber auch mit welchen Gefühlen wir uns einer Konferenz nähern, auf der das Schicksal und der Aufbau einer Welt behandelt werden soll, aber nicht der unseren, nicht unser Aufbau und nicht unser Schicksal. Lässt sich eine Brücke finden, – gut! Lässt sie sich nicht finden, so wird Genua das Schicksal von vielen anderen Konferenzen teilen.

In diesem Zusammenhang ein Wort in Anknüpfung an die Ausführungen des Herrn Stresemann über Russland. Zweifellos wird Genua für Russland manches Wesentliche bringen, und ich will nicht einen Augenblick die Auffassung der Kabinettsregierung unausgesprochen lassen, die dahin geht, dass wir nach Ausmass unserer Kräfte uns aufrichtig bemühen werden, am Wiederaufbau Russlands mitzuwirken. Dabei ist der Weg von Syndikaten nicht der entscheidende, Syndikate können nützlich sein, und von solchen Syndikaten sollten wir uns nicht ausschliessen. Dagegen wird das Wesentliche unserer Aufbauarbeit zwischen uns und Russland selbst zu besprechen sein. Solche Besprechungen haben stattgefunden und finden weiter statt, und ich werde sie mit allen Mitteln fördern. Es ist kein Gedanke daran, dass Deutschland etwa die Absicht hätte, Russland gegenüber die Rolle des kapitallüsternen Kolonisten zu spielen. Ich freue mich ganz besonders, dass von seiten des Herrn Stresemann und seiner Freunde heute eine solche Stellung Russland gegenüber gewünscht wird, denn ich erinnere mich an eine Periode, in der ich mit meiner Auffassung über die Notwendigkeit, Russland zu Hilfe zu kommen, bei dieser Seite keine Gegenliebe gefunden habe.

Soll, meine Herren, aus dem Chaos der Welt ein Ausweg gefunden werden, so ist es nötig, den Rahmen weiter zu spannen, als es durch die Note der Reparationskommission geschehen ist. Es ist schlechterdings nicht möglich, dass eine niedergebrochene Welt aufgerichtet werde lediglich durch die Arbeit eines einzigen Landes, auch wenn dieses Land noch so gutwillig an diesem Aufbau mitzuwirken gewillt ist. Alle Nationen der Erde, nicht nur die ehemaligen Kämpfer, müssen erkennen, dass sie sämtlich am Aufbau der Welt in gleichem Masse interessiert sind. Sie müssen erkennen, dass sie einander wechselseitig bedürfen als Produzenten und als Käufer, sie müssen erkennen, dass sie alle die gleichen Rohstoffe dieser Erde nötig haben. Sie müssen sich vereinigen zu einer Sanierungsaktion der Welt, von der sich niemand ausschliessen darf, der aus den Vorräten der Welt schöpft. Deutschland aber bedarf, um im Kreise der Völker die ihm gestellte Aufgabe des Aufbaus zu erfüllen, einer Atempause, die nur durch äussere Anleihen beschafft werden kann. Um aber sein Verhältnis zu seinen Gläubigern zu regeln, und zwar zu regeln in loyaler und ehrlicher Weise, muss Deutschland das Recht haben, sich mit seinen Gläubigern an einen Tisch zu setzen. Das bedeutet keine Uebergehung der Reparationskommission, die immer noch genügend Aufgaben zu erfüllen haben wird. Es kann aber dem Schuldner nicht verwehrt werden und ist ihm zu keiner Zeit verwehrt worden, sich mit seinen Gläubigern zusammenzusetzen und mit ihnen diejenigen Mittel zu beraten, wie wechselseitig das Verhältnis geregelt werden kann, nicht nur auf dem Gebiet des Geldes, sondern auf allen Gebieten, die Gläubiger und Schuldner gemeinschaftlich berühren.

Ich kann es verstehen, dass man sich formal auf den Standpunkt gestellt hat, das deutsche Reparationsverhältnis kann in Genua nicht verhandelt werden, weil dort 40 Nationen vertreten sind, die, nur zum Teil an Reparationsfragen beteiligt, nicht beschliessen können, wie Deutschlands Verhältnis zu seinen Gläubigern sich gestalten soll. Ich sage, ich kann es formal verstehen; sachlich hätte ich eine andere Lösung gewünscht. Aber wenn man sich auf diesen Standpunkt stellt, dass Genua für diese Kernfrage der gesamten Weltwirtschaft unzuständig ist, so ist es umsomehr notwendig, dass eine Regelung zwischen Deutschland und seinen Gläubigern durch gemeinschaftliche Verhandlungen gefunden wird. Es ist gestern in der Debatte Erwähnung Amerikas geschehen. Ich halte es für falsch, auf ein einzelnes Land, sei es das stärkste und edelste der Welt, alle Hoffnung zu setzen. Es entspricht der Gewohnheit verzweifelter Schuldner, alle Hoffnung an einen einzigen Anker zu hängen. In der Regel werden solche Hoffnungen getäuscht. Ich kenne sehr wohl die Abneigung Amerikas, sich auf die wirtschaftlichen Verhältnisse Europas einzulassen. In erster Linie ist es eine schwere Europamüdigkeit, die Amerika befallen hat nach den Erfahrungen des Krieges und nach den Erfahrungen des beginnenden Friedens. Wer das Tun und Treiben in Europa mit unbeteiligten Augen überblickt, dem liegt es freilich nahe – und man kann es ihm nicht verdenken –, wenn er die Augen abwendet.

Ein anderes Motiv Amerikas, sich nicht einzumischen, besteht darin, dass die Auffassung in volkswirtschaftlichen amerikanischen Kreisen herrscht, die amerikanische Ausfuhr bedeute nur einen kleinen Bruchteil, man spricht von 7 Prozent, der amerikanischen Produktion. Diese Zahl hält der Nachprüfung nicht stand, und ich glaube, dass man in kurzer Zeit in Amerika erkennen wird, dass der Prozentsatz der Ausfuhr im Verhältnis zur Produktion ein ganz bedeutend grösserer ist. Ich schätze das Verhältnis der Ausfuhr zur amerikanischen Fertigproduktion auf mindestens 20 bis 25 Prozent. Auf eine solche Ausfuhr aber wird Amerika auf die Dauer nicht leicht verzichten.

Plausibel für die amerikanische Nichteinmischung ist aber noch ein dritter Grund. Amerika sagt: warum sollen wir unser Geld Europa zur Verfügung stellen, einem Kontinent, der es nur für seine Rüstungszwecke verbraucht? Das ist ein Einwand, den man verstehen kann. Aber ich glaube, Amerika wird empfinden, dass man einem Ertrinkenden keine Bedingungen stellt. Es ist nicht möglich, zu warten, bis der Geist des Friedens in Europa durchgedrungen ist, um Europa zu helfen.

Am 1. April wird der künftige amerikanische Botschafter Houghton sich zu Schiff begeben, um nach Deutschland zu kommen und hier seinen Posten zu übernehmen. Ich rufe ihm ein Willkommen entgegen und hoffe, dass seine Mission in Deutschland für beide

Länder fruchtbringend sein wird. Wir selbst haben einen der stärksten Leiter unseres Wirtschaftslebens, Geheimrat Wiedfeldt, bestimmt, uns in Washington zu vertreten. Ich glaube, dass diese Wahl von Amerika gut aufgenommen werden wird. Denn Amerika wünschte sich einen starken Mann der Wirtschaft, und ich hoffe, dass Herr Wiedfeldt drüben ein gesegnetes Feld seiner Tätigkeit finden wird. Noch nie hat eine Nation so unentrinnbar das Schicksal eines Kontinents in der Hand gehalten wie Amerika im gegenwärtigen Augenblick. Eine gewaltige Verantwortung ist mit dieser Machtstellung verbunden, zu der diejenige des Krieges hinzutritt, den Amerika entschieden hat, und des Friedens, den es gleichfalls bestimmte. Wir dürfen hoffen, dass Amerika, das wir nicht lediglich als ein Land materieller Interessen ansehen dürfen, sondern von dem wir anerkennen müssen, dass es ein Land mit starken moralischen Impulsen ist, sich einer Beratung, die sich mit der endgültigen Regelung der deutschen Schuldverhältnisse befasst, nicht entziehen wird.

Der Osten Europas ist niedergebrochen; das unglücklichste aller Länder, Oesterreich, dem wir heute die herzlichste brüderliche Teilnahme entgegenbringen, ist diesem Niederbruch leider gefolgt. Deutschland ringt mit allen seinen Kräften um seine Existenz, es ringt mit den Kräften seines Willens und seiner Arbeit und kämpft gegen seinen Niederbruch an. Der Niederbruch Deutschlands aber ist der Niederbruch Europas. Deutschland verlangt von niemand in der Welt Mitleid, aber Deutschland verlangt die Einsicht der Nationen in die Einheit und in die Verflochtenheit der Weltinteressen. Deutschland verlangt von den Nationen der Welt die Möglichkeit der Aufstellung eines Arbeitsplanes und die Möglichkeit einer Mitwirkung zu gemeinsamem Wiederaufbau. Eine solche Mitwirkung aber lässt sich nicht durch Diktate erzwingen, sie lässt sich nur durch ein freiwilliges, ehrliches, gutgewolltes Zusammenarbeiten der Nationen erreichen, von denen es keine gibt, die heute nicht der Hilfe bedürfte.

Wir aber, die wir gemeinsam mit Ihnen und in Ihrem Auftrag die Verantwortung für die Politik des Reichs tragen, wir kämpfen für dreierlei. Wir kämpfen für die Existenz des Volkes, wir kämpfen für die Unversehrtheit und Einheit des Reichs, wir kämpfen für den Frieden und für den Aufbau. Dieses Ziel ist uns allen gemeinsam.

Es gibt nicht eine Seele in diesem Hause, die sich davon ausschliesst. Deshalb lassen Sie uns auch dieses Ziel in Einigkeit verfolgen!

Rede vor der Vollversammlung der Genueser Konferenz vom 19. Mai 1922

Der Abschluss der provisorischen Arbeiten der Konferenz gestattet uns einen Ueberblick über die welthistorischen Leistungen der Konferenz, die erst in den kommenden Jahren mehr und mehr hervortreten werden und für die Europa der Genueser Konferenz Dank schuldet. Es wäre ein unberechtigter Optimismus, zu hoffen, dass durch den Abschluss dieser Arbeiten die Weltkrise sofort eine merkliche Linderung erfährt. Eine solche Besserung der allgemeinen Weltlage wird erst dann eintreten, wenn eine Reihe von Prinzipien erfüllt sind, die in den Beratungen der Kommission mit immer wachsender Deutlichkeit hervortraten, wenn sie vielleicht auch nicht ihren vollen Ausdruck in den niedergelegten Leitsätzen gefunden haben.

Indem ich mich an die der Konferenz gezogenen Grenzen auf das strikteste halten werde, will ich versuchen, die vier grossen und unausgesprochenen Wahrheiten darzulegen, die mir aus den Beratungen hervorzugehen scheinen und die, wie ich glaube, unbedingte Voraussetzungen für eine Gesundung der Weltwirtschaft bilden. Die erste dieser Wahrheiten lautet: Die gesamte Verschuldung der Länder ist zu gross im Verhältnis zu ihrer Produktionskraft.

Alle hauptsächlichen Wirtschaftsländer sind in einen Verschuldungskreis hineingezogen, der die meisten gleichzeitig zu Gläubigern und Schuldnern macht. Durch ihre Eigenschaft als Gläubiger wissen die Staaten nicht, wieviel sie von ihrem Guthaben erhalten werden, in ihrer Eigenschaft als Schuldner wissen sie nicht, wieviel sie zahlen können und müssen.

Ueberhaupt kann kein Staat einen wirklichen Haushalt aufstellen, kein Staat kann es wagen, sich in grosse umfangreiche Neueinrichtungen einzulassen, die seine Wirtschaft verbessern und die dem Geldmarkt neue Nahrung geben. Kein Staat kann auf eine gesicherte Stabilisierung seiner Zahlungsbilanz und damit auf seine Wechselkurse vertrauen, mit Ausnahme jenes einen grossen Reiches, das niemandem schuldet und Gläubiger aller ist, nämlich Amerika, ohne dessen Beteiligung der Wiederaufbau Europas unmöglich wird. Vor allem aber können den überschuldeten Ländern neue

Mittel, deren sie bedürfen, nicht zugeführt werden, denn die Ueberschuldung liegt vor aller Augen zutage, und so wenig ein freier Gläubiger bereit sein kann, Devisen zur Verfügung zu stellen, so wenig darf ein überlasteter Schuldner es wagen, sie anzunehmen.

Auch in früheren Zeiten waren die Staaten untereinander verschuldet, aber diese Schuld stand in einem Verhältnis zur Produktionskraft und entsprach überdies werbenden Anlagen. Die heutige Verschuldung beläuft sich auf mehr, als die Staaten in Jahrzehnten ersparen und abzahlen können. Sie ist somit eine finanzielle Realität. Eine wirschaftliche Realität aber ist ihnen so fern, als sie den Produktionsprozess der Welt hemmt.

Es bleibt somit nur derjenige Weg übrig, der von einzelnen Wirtschaftsobjekten stets beschritten wurde, wenn ihre Verschuldung die Produktionskraft überstieg, nämlich der Weg der Sanierung und des Schuldabbaues.

Die zweite der ausgesprochenen Genueser Wahrheiten scheint mir zu liegen in dem Satz, dass kein Gläubiger seine Schuldner am Bezahlen der Schulden hindern sollte. Wenn ein einzelnes Individuum einem anderen Geld schuldet, so kann verlangt werden, daß zur Auszahlung eine vereinbarte Münze verwendet wird, und es ist Sache des Schuldners, solche Münzen sich zu verschaffen, wie sie am Markte in jeglichem Umfange stets erhältlich sind. Ein Land kann einem anderen auf die Dauer seine Schulden nur in Gold bezahlen und, wenn es Gold nicht produziert oder nicht in grösserem Umfange besitzt, in Gütern.

Eine Zahlung in Gütern aber ist dann nur möglich, wenn der Gläubiger sie gestattet. Verbietet er sie, so tritt Zahlungsunfähigkeit ein, und erschwert er sie durch Zölle oder durch andere hindernde Massnahmen, so wird der Betrag der Schuld willkürlich vermehrt; denn wenn um so viel mehr Waren geliefert werden, als erforderlich ist, um die auferlegten Lasten zu bezahlen, dann wird das Zahlungsmittel entwertet und somit die Schuldsumme erhöht.

Es sollte somit jedes Land, das Zahlungen zu empfangen wünscht, seinen Schuldnern solche Erleichterungen der Einfuhr gewähren, die es ihm ermöglichen, den verschuldeten Betrag ohne unwillkürliche Erhöhung zu leisten.

Die dritte der Wahrheiten ist vielleicht am deutlichsten zum Ausdruck gekommen und ausgesprochen in dem Satz, dass die Weltwirtschaft erst dann wieder hergestellt werden kann, wenn ein imponderabiler Wert wieder gewonnen ist, nämlich das wechselseitige Vertrauen. Dieses Vertrauen kann aber nur wiederkehren, wenn die Welt im wahren Frieden lebt.

Der heutige Zustand der Welt ist nicht Frieden, sondern ein Zustand, der dem Kriege ähnlich ist, jedenfalls ist es kein vollkommener Friede. Leider ist in den einzelnen Ländern die öffentliche Meinung noch nicht demobilisiert. Die Ueberreste der Kriegspropaganda zirkulieren noch immer und belasten die Atmosphäre. Jeder, der seine Mittel und seine Arbeit einem Lande anvertraut, hat daher mit der Gefahr zu rechnen, dass dieses Land binnen kurzem durch Verhältnisse höherer Gewalt, die nicht in Naturereignissen, sondern in politischen Ereignissen liegen, gefährdet und verwandelt werden kann. Vor allem ist die Erkenntnis nicht gesichert, dass ein Schuldner, zumal wenn er verarmt ist, der Schonung bedarf, und dass er unfähig wird, zu leisten, wenn ihn die Mächte seiner Möglichkeiten, namentlich seines Kredits, berauben. Dass dies tatsächlich die Imponderabilien sind, die den ehemals so grossen Austausch des Produktions- und Konsumptionsverkehrs hemmen, geht aus der Tatsache hervor, dass die Produktionsmittel der Welt nahezu vollkommen erhalten sind. Selbst wenn man alle tief bedauerlichen Zerstörungen des Krieges und vor allem der Nachkriegszeit in Rechnung zieht, darf man annehmen, dass im gesamten Produktions- und Verkehrsapparat selbst mehr als 90 Prozent erhalten sind. Die gewaltigen und tief beklagenswerten Zerstörungen innerhalb des russischen Reiches greifen in den Welthandel nur mit etwa 3 Prozent ein.

Trotz der grossen Menschenverluste des Krieges sind aber die menschlichen Produktionskräfte fast vollständig erhalten, denn sie haben sich in starkem Umfange ergänzt. Wenn somit die Geldmaschinerie nicht arbeitet, obgleich sowohl ihre Substanz wie ihre Triebkräfte fast vollständig erhalten sind, wenn auf der einen Seite Millionen von Händen feiern, auf der anderen Seite Millionen von Menschen hungern, wenn auf der einen Seite unzählige Gütermengen unverkäuflich sich aufstapeln, auf der anderen Seite an den gleichen Gütern der schwerste Mangel besteht, so liegt das daran, dass die wechselseitige Verschuldung als psychologisches Moment wirkt. Als weitere psychologische Momente sind der mangelnde Friedenszustand und das mangelnde Weltvertrauen bestimmend.

Wenn man sich nun fragt, ob es denn wirklich kein Mittel gibt, die erschlafften Kräfte des Weltaustausches neu zu beleben, die Maschinerie der Weltproduktion von neuem in Bewegung zu setzen, so ergibt sich die vierte der unausgesprochenen Thesen, nämlich die, dass nicht durch irgend einen oder zwei Käufer, sondern durch das Zusammenwirken aller in den ökonomischen und Weltproblemen neue Bewegung zugeführt werden kann.

Wie sollte auch nach einem Zerstörungswerk sondergleichen die Welt geheilt werden, wenn nicht sämtliche Länder der Erde sich dazu entschliessen, gemeinschaftlich Abhilfe zu bringen. Durch ein universelles Opfer der Welt und der leidenden Menschheit kann nur eine leidende Welt geheilt werden. Niemals ist ein Wiederaufbau anders gelungen als durch Aufwendung gewaltsamer neuer Mittel. Solche Mittel werden nicht aufgebracht werden, solange ein jedes Glied der Weltwirtschaft mit wenigen Ausnahmen überschuldet ist. Das erste Opfer wird somit in dem allgemeinen Abbau des Verschuldungskreises zu suchen sein. Das weitere Opfer besteht in der gemeinsamen Aufbringung grosser neuer Mittel für den Wiederaufbau, sei es auf dem Wege allgemeiner und wechselseitiger Kredite, sei es auf anderen Wegen, deren Erörterung zu weit führen würde. Dass die Genueser Konferenz zur Erörterung dieser Fragen geführt hat, ist eine Tatsache, die in der Geschichte Europas unvergessen bleiben wird.

Ein weiteres historisches Ergebnis der Konferenz erblickt die deutsche Delegation in der Annäherung des grossen, schwerbedrängten russischen Volkes an den Kreis der besten Nationen. Durch manche Aussprachen hat Deutschland sich bemüht, zu einer Annäherung der beiderseitigen Gesichtspunkte beizutragen. Deutschland hofft, durch die Fortsetzung der beiderseitigen Besprechungen das Werk des Friedens zwischen Ost und West zu fördern.

Für den Schutz, den Italien diesem Werk des allgemeinen Friedens gewährt hat, schuldet die Welt dieser hochherzigen Nation und ihren Führern den tiefsten Dank. Die Geschichte Italiens ist älter als die der meisten europäischen Nationen. Auf diesem Boden sind mehr als einmal grosse Weltbewegungen entstanden. Abermals und hoffentlich nicht vergebens haben die Völker der Erde ihre Augen und Herzen zu Italien erhoben in der tiefen Empfindung, der Petrarca den unsterblichen Ausdruck verliehen hat: Io vò gridando Pace, Pace, Pace!

Anhang

Rede, gehalten am 9. Juni 1922 in Stuttgart, vor einem geladenen Kreis aller Parteien

Der Herr Reichskanzler hat mit seinen beredten Worten den Kreis eines Jahres vor Ihnen entrollt. Er hat seine Ausführungen begonnen mit der Schilderung der Lage, in der sich unser Volk an den Tagen der Ultimaten des letzten Jahres befand. Uns allen ist in Erinnerung die Härte der Worte, die damals gesprochen wurden, der unbelehrbare wirtschaftliche Aberglaube, der aus diesen Worten sprach. Wir alle haben uns damals gefragt, wie ist es möglich, von einem Volk zu verlangen, dass es 132 Milliarden als Kriegsentschädigung hingibt, mehr als die Hälfte seines ganzen Vermögens, eine Zahlungsleistung in Gold, das dieses Land nicht besitzt? Ist es möglich, dass jemals Vernunft über den Erdball kommt und den Irrsinn dieser Gedanken zerstört? Wie lange wird es dauern, werden Jahre oder Jahrzehnte vergehen bis zu dem Augenblick, wo die Erde einsieht, dass es unmöglich ist, diese Forderungen zu erfüllen, auch wenn Deutschland noch so gutwillig sich der Konvention der Historie fügt, die besagt, dass der Besiegte zahlt. Nur schrittweise konnte die Vernunft ihren Weg nehmen; kein Weg ist so lang, als der Weg der Vernunft und der Weg der Wahrheit. Diesen Weg eines Jahres – denn ein Jahr hat es gedauert, bis die Welt vor einer veränderten Einsicht stand –, diesen Weg eines Jahres lassen Sie uns in kurzen Abschnitten in Eile noch einmal durchlaufen. Der erste abergläubische Gedanke im Augenblick der Unterzeichnung jenes unglücklichen Ultimatums, der Gedanke der ehemaligen Gegner war: Zahlungen können in beliebiger Höhe von einem Land in Gold geleistet werden, das kein Gold erzeugt, und das kein Gold besitzt. Es bedurfte der Arbeit von Monaten, die von Verhandlung zu Verhandlung geschritten ist, – der Name der Stadt Wiesbaden ist mit diesen Verhandlungen verknüpft, – um zu erkennen, dass, wenn Leistungen erheblichen Umfanges von einem Land an ein anderes bewirkt werden sollen, nicht Gold das Zahlungsmittel sein kann, sondern nur das Gut, die Ware. Der belehrende Charakter dieser Verhandlungen war von Bedeutung. Noch heute sind die Verträge, die damals unterzeichnet wurden, nicht ratifiziert. Bis heute haben sie keine Wirkung gehabt auf wirtschaftlichem Gebiet, aber ihre Wirkung auf dem Gebiet wirtschaftlicher Einsicht war von hohem Wert. Ein Volk kann, wenn es sein muss, für ein anderes, für einen

Kontinent arbeiten, aber es kann nicht mit dem alchimistischen Zaubermittel des Steins der Weisen Gold aus Nichts schaffen.

Die Erkenntnis ging weiter. Im Herbst, als ich aus dem Wiederaufbauministerium ausgeschieden war, benutzte ich die Zeit der Freiheit, um nach England zu gehen, dort die Stimmung zu erkunden und, soweit es dem einzelnen möglich ist, dieser Stimmung Aufklärungen zuzuführen, die wünschenswert erschienen. Damals war in England eine Auffassung im Aufdämmern, die einen Fortschritt wirtschaftlicher Erkenntnis bedeutete. Man hatte begriffen, dass, wenn ein Land im Uebermass unter Zwang, unter erschwerten Bedingungen Arbeit leistet für einen Kontinent, eine Arbeit, die man kaum zu hart mit dem Ausdruck der Gefängnisarbeit bezeichnen könnte, dass dadurch nicht allein dieses Volk geschädigt wird, sondern mit ihm die Gemeinschaft der wirtschaftenden Völker der Erde. Diese Erkenntnis stieg auf in demjenigen Lande, das zuerst und zumeist vom Schaden betroffen war, nämlich in England. Man bemerkte, dass die Zerrüttung der Märkte dasjenige Land am schwersten schädigen musste, das als Kaufmann, als Handwerker, als Fabrikant dieser Märkte bedurfte, um seinen Beitrag zum Wirtschaftsleben der Welt zu leisten. So entstand die Einsicht, dass nicht ein einziges Land imstande sein würde, die Krankheit eines geschlagenen Kontinents zu heilen, sondern dass eine wirtschaftliche Verflochtenheit bestand, eine unlösbare Einheit, und dass jedes Glied, das aus dieser Einheit ausfällt, sei es Rußland als Konsument, sei es Deutschland als Produzent, dass jedes fehlende Glied die Weltgemeinschaft schädigt. Bei den Führern der englischen Politik befestigte sich der Gedanke, eine wirtschaftliche Weltkonferenz zusammenzuberufen.

Die Beschlussfassung über die Berufung war Sache des Obersten Rats der Alliierten. Er versammelte sich in Cannes, und dort war es zum ersten Male den deutschen Vertretern möglich, unsere Gesamtlage vor dem Areopag der Welt zu entwickeln. In Cannes wurde es deutlich, dass das deutsche Problem die europäische Wirtschaftslage beherrschte, und neben diesem deutschen Problem, in fernere Zukunft weisend, trat das russische Problem hervor. Kaum hatte man endgültig beschlossen, die Wirtschaftskonferenz einzuberufen, da brach die Konferenz von Cannes ab, denn ein Regierungswechsel hatte sich in Frankreich vollzogen, die Regierung Briands wurde durch die Regierung Poincaré abgelöst. Monatelang zweifelte man, ob es der auftretenden Opposition gelingen würde, den Gedanken der Weltkonferenz zu zerstören oder zur Unkenntlichkeit umzugestalten. Schliesslich kam sie zustande, doch unter Erschwernissen. Denn es hatten Besprechungen stattgefunden in Boulogne, und in diesen Besprechungen war von England dem französischen Wunsch stattgegeben worden, dass die Konferenz, die einberufen war zur Heilung des Leidens des Kontinents, dass diese Konferenz über eins nicht sprechen durfte: nämlich über das Wesen und die Ursache dieses Leidens. Es durfte nicht gesprochen werden über die Kernfrage, die deutsche Frage, die Reparationsfrage. Der Herr Reichskanzler hat es Ihnen dargelegt: strassauf, strassab in Genua war dennoch alles erfüllt von dieser Frage. So kam es denn, dass neben der ungelösten russischen Frage, die einer Sachverständigenkonferenz vorbehalten werden musste, doch eine Reihe von Erkenntnissen sich klärte, die freilich in den Kommissionssitzungen nur andeutungsweise besprochen werden durften. Doch gab es eine Schlußsitzung, und in dieser konnte es den deutschen Delegierten nicht verwehrt werden, die Kernprobleme ans Licht zu stellen und die Nationen zu fragen: ja oder nein. Soweit eine Konferenz, ein überfüllter Saal, ein Welttheater, eine Antwort auf solche Fragen geben darf, wurde sie gegeben. So lauteten etwa unsere Fragen: Kann ein Kontinent gesunden, wenn jede Nation der andern tief verschuldet ist? Kann eine Nation sich regen, wenn sie gleichzeitig überlasteter Gläubiger und hoffnungsloser Schuldner ist? Kann eine Kette von Gläubigern und Schuldnern ein wirtschaftliches Dasein führen, wenn am einen Ende der Kette ein grosses Reich, Amerika, steht, das niemandem schuldet, und am anderen Ende unser armes Land, das von niemandem etwas zu fordern hat? Die Antwort ist: Ein solcher Kreis der Weltverschuldung muss zerschnitten werden. Und in diesem Kreis der Weltverschuldung ist das deutsche Reparationsproblem nur ein Spezialfall der Verschuldung von Volk zu Volk. Des weiteren konnte nicht geleugnet werden, dass dem Schuldner, der zahlen soll, die Zahlung nicht unmöglich gemacht werden darf. Da Zahlung nur in Waren geleistet werden kann, so ist diejenige Politik widersinnig, die der Ware des Schuldnerlandes den Eingang ins Gläubigerland verschliesst, es ist widersinnig, gleichzeitig die Mauer des Antidumping, des Prohibitivzolls, zu erhöhen, und gleichzeitig zu verlangen, dass die zu entrichtende

Ware diese Dämme überschwemmen soll. Auch diese Erkenntnisse tauchten in Genua auf: dass ein Wiederaufbau der Welt, wenn man ihn ernst ins Auge fasst, wenn der Begriff nicht zum Gemeinplatz zerfliessen soll, dass ein solcher Wiederaufbau nur möglich ist durch Opfer. Dass er nicht möglich ist durch das Opfer des einen oder des anderen Volkes, sondern dass sämtliche Völker beitragen müssen. So wie sämtliche Völker sich durch diesen furchtbaren Krieg in Schuld begeben haben, so müssen sämtliche Völker der Erde gemeinsam Opfer bringen, um die Folgen dieses Krieges zu mildern. Deshalb war es nötig, auszusprechen: nicht ein einzelnes Volk kann Europa heilen, sondern die Völker müssen zusammentreten und gemeinschaftlich wirken, sie müssen sich nicht damit begnügen, die Abbürdung dieser Weltschuld vorzunehmen, sie müssen dafür sorgen, dass neue Mittel beschafft werden. Denn zu jedem Aufbau gehören Mittel. Man kann nicht bauen aus Luft und Wolken. Wer baut, braucht Materialien und muss diese Materialien in Werten beschaffen. Werte aber freiwillig darbieten, heisst Opfer bringen.

Neben diesen wirtschaftlichen Problemen war die Atmosphäre Genuas erfüllt von den Problemen Russlands. Die Wiederverbindung des Ostens und Westens ist eine der grossen Aufgaben der künftigen europäischen Politik. Es ist nötig, dass ein Kontinent wie Russland, ein Land von solchem Umfang, solcher Menschenzahl, solchen ungehobenen Schätzen wieder erschlossen wird. Es ist nötig, dass es dem wirtschaftlichen Komplex des Westens wieder angegliedert wird. Den Mächten der Entente ist das bisher nicht gelungen. Die Arbeit ist verschoben auf den Haag, und wir werden im Haag nicht teilnehmen. Wir drängen uns nicht dazu, an einer Arbeit teilzunehmen, die andere für sich leisten und in anderer Art. Wir haben unserseits einen eigenen Weg beschritten, den Weg des reinen, freien, vergebenden Friedens. Wir haben diesen Weg beschritten zum Zwecke des Aufbaues einer neuen Zukunft mit einem Lande, das ebenso schwere Schicksalsschläge erlitten hat, wie wir. Ob mit oder ohne eigene Schuld, lasse ich dahingestellt. Mit einem solchen Land kann man nicht abrechnen, wie mit einem schlechten Schuldner. Man kann und soll mit ihm zusammenwirken in dem Augenblick, wo seine Not am grössten ist. Man hat uns den Vorwurf gemacht, wir hätten Rapallo im unrichtigen Moment abgeschlossen. Ja gewiss, wenn an einer Tatsache nicht zu mäkeln ist, so bleibt wenigstens die Kritik: An sich gut, aber es hätte nicht am Montag, sondern es hätte am Dienstag oder Mittwoch sein sollen. Wir mussten den Vertrag abschliessen in dem Augenblick, wo wir erkannten, dass die Westmächte unseren berechtigten Wünschen nicht gerecht wurden, wo anderseits die vertraglichen Bestimmungen für uns sich fügten und anderseits der Wunsch der Gegenpartei nach Verständigung lebendig wurde. Wir rechnen nicht in der Politik mit Dankbarkeit. Frühere Politik, die sich vielfach auf Dankbarkeit gegründet hat, ist stets enttäuscht worden. Aber mit Realitäten und Tatsachen der Vergangenheit zu rechnen, ist kein Fehler, und es ist eine Realität, wenn eine Verbindung abgeschlossen wird von Völkern, die sich die Hände reichen, um in Frieden und Freundschaft zu leben.

Im Haag werden wir nicht beteiligt sein. Denn wir haben unsere Verhältnisse zum Osten geregelt. Wir werden die Arbeit der übrigen mit aufrichtigem Wohlwollen verfolgen. Wir werden die Tätigkeit, die wir schon in Genua ausgeübt haben, weiterhin ausüben, die Tätigkeit der Vermittlung, aber nur dann, wenn es gewünscht wird. Denn wir drängen uns niemand auf. In Genua hat man es gewünscht, und wir sind diesem Wunsch gefolgt. Wird es im Haag nicht gewünscht, so bleiben wir abseits. Wir wünschen von Herzen, dass die Staaten mit gutem Erfolg vom Haag heimkehren. Wir neiden niemand eine Verbindung. Wir wollen keine Monopole, kein Alleinrecht. Wir wollen nichts weiter, als dass die Verbindung zwischen Osten und Westen wiederhergestellt wird. Wir wollen, dass die Verbindung so hergestellt wird, dass auch wir dem östlichen Volk die Hand reichen. Wenn ich von diesem Handreichen spreche, so meine ich freilich nicht, dass wir uns einem Gedankenkreis verschreiben, der nicht der unsere ist. Russland lebt unter einem Wirtschaftssystem, das sich von dem unseren unterscheidet. Wir haben dieses Wirtschaftssystem nicht zu kritisieren. Vielleicht wird Russland es allmählich umgestalten. Wir glauben, dass es heute in voller Umgestaltung begriffen ist. Wir haben unseren Frieden geschlossen nicht mit einem System, sondern mit einem Volk, und wir haben ihn geschlossen durch die Menschen, die in diesem Augenblick dieses Volk vertreten. Welche Wirtschaft sie betreiben, bekümmert uns nicht. Wir werden ihnen, soweit wir können, und soweit sie es

wünschen, wirtschaftlich zur Seite stehen, mit wirtschaftlicher Initi-
ative, mit Erfahrung und Kenntnis des Landes, mit den organisato-
rischen Fähigkeiten des deutschen Wirtschaftsmanns, mit den Ein-
sichten des deutschen Gelehrten. Wir werden uns ihnen weder
verschliessen, noch aufdrängen, sondern wir werden sie nach ihrer
Fasson selig werden lassen. Wir hoffen aufrichtig, dass sie sich zu
einem Wirtschaftssystem fügen, das sich mit dem europäischen
Wirtschaftssystem ergänzt. Wir selbst nehmen darauf einen Einfluss
nicht.

Das ist die Etappe von Genua. Die Etappe vom Haag liegt in der
Zukunft. Nun noch ein Wort von derjenigen Etappe, die sich in
diesem Augenblick abspielt: Die Etappe Paris. Die reifende Einsicht
des Jahres 1921 haben wir überblickt. Es ist die Einsicht, die unter
Politikern entstand. Zum erstenmal treten nunmehr in Paris Wirt-
schaftsmänner zusammen, Bankiers aus den europäischen und
amerikanischen Staaten, und beraten über Dinge materieller Ordnung. Diese Dinge sind auf der einen Seite die Kreditwürdigkeit
unseres Landes, auf der anderen Seite die Durchführbarkeit von
Verträgen, auf der dritten Seite die Möglichkeit der Unterbringung
von Anleihen. Eine Spannung hält die Welt in Atem: Welche Entscheidung wird getroffen werden? Ich glaube nicht, dass diese Entscheidung das Wesentliche ist. Mag es eine grosse oder eine kleine,
oder mag es gar keine Anleihe sein. Gleichviel! Der Schritt, den
dieses Komitee getan hat, kann nicht rückgängig gemacht werden.
Dieser Schritt aber ist der bedeutendste in der wirtschaftlichen Einsicht der Welt seit 1½ Jahren, denn er führt zu der Tatsache: Dasjenige, was im Londoner Ultimatum festgesetzt ist, ist undurchführ-
bar, und damit ist der Kreis der Erkenntnis geschlossen. Damit hat
das Experiment dieser schwierigsten aller europäischen Fragen,
dieses gefahrvollste und tragischste Experiment seinen intellektuel-
len Abschluss gefunden. Auf die Frage des Ultimatums von 1921
erfolgt die Antwort der Kommission von 1922. Die Frage lautet:
Sind 132 Milliarden von Deutschland erhältlich? und die Antwort
lautet: Nein. Ob nun diese Antwort sich besiegelt durch das praktische Mittel der oder jener Massnahme, der oder jener Anleihe
scheint mir nicht entscheidend. In wenigen Tagen werden wir wissen, ob nun das praktische Resultat sich anschliesst dem Resultat

der Erkenntnis. Das Resultat der Erkenntnis aber ist das entscheidende.

Ueberblicken wir den Lauf dieses Jahres, vergegenwärtigen wir uns, wie auf die grosse Frage des Ultimatums immer klarer und deutlicher die negative Antwort emporwächst, so dürfen wir auf der anderen Seite die Kritik unseres Landes nicht unberücksichtigt lassen. Man ist nicht milde umgegangen mit unserer Politik dieses Jahres; der Herr Reichskanzler kann manches davon erzählen, und jeder einzelne von uns. Wir sind einer jeden Kritik zugänglich, die uns sagt, nicht so müsst ihr es machen, sondern anders. Aber niemand wird dem Staatsmann helfen und dem Lande nützen durch eine Kritik, die lediglich sagt, ganz anders hättet ihr es machen müssen, aber wie, das bleibt unser Geheimnis. Häufig ist uns gesagt worden: Politik des Widerstandes! Der bedeutendste und erfolgreichste Staatsmann Europas hat uns auf unsere Frage eine Antwort gegeben, als wir ihm sagten: Wir haben es in diesem Jahr erleben müssen, dass eine furchtbare Teuerungswelle über unser Land hereingebrochen ist, wir haben es erleben müssen, dass der Mittelstand die schwersten Leiden zu erdulden hat, wir haben es erleben müssen, dass die fremden Zahlungsmittel auf das Vielfache ihres Werts gestiegen sind. Es ist uns manchmal der Zweifel gekommen, ob wir unter diesen Umständen nicht hätten sagen sollen: Widerstand, es koste, was es wolle. Ich will die Worte nicht zitieren, die wir gehört haben, aber aufs Tiefste ist unsere Ueberzeugung besiegelt worden, dass die Politik, die wir trieben, die einzige gewesen ist, die es ermöglicht hat, während dieses schwersten Jahres des neuen Friedens die Einheit des Reiches zu erhalten. Keine andere Politik kann uns genannt werden, die das Gleiche ermöglicht hätte: Erhaltung der Einheit und des Bestandes. Die Bestrebungen, die uns bedrohten und bedrohen, beziehen sich nicht nur auf die Zerreissung des Landes, sie beziehen sich auch auf seine weitere Schmälerung, nachdem dieses Land durch den unglücklichsten aller Verträge schon so viel von seinem Boden und seinen Menschen verloren hat. Unser Land ungeschmälert zu erhalten, unser Land und Volk als Einheit zu erhalten, ist das Ziel, das wir erkämpfen. Wenn gesagt worden ist, das kleinere Uebel gegenüber gewissen Wirtschaftsgefährdungen sei die Neubesetzung von rheinischem Land durch fremde Truppen, so sagen wir: Nein, der Meinung sind wir nicht. Deutsches

Land soll nicht hergegeben werden, die deutsche Einheit soll nicht gefährdet werden. Der Kanzler hat es Ihnen gesagt und ich möchte es wiederholen: Wehe uns, wenn wir die Vergangenheit unseres Volkes vergessen, wehe uns, wenn wir seine grosse Geschichte vergessen und das, was seine grosse Geschichte uns hinterlassen hat. Das bedeutet nicht, dass wir jedes einzelne billigen, was im Laufe der Generationen geschehen und geworden ist, aber es bedeutet, dass wir an dem grossen Vermächtnis festhalten, das das Endergebnis der modernen deutschen Geschichte bildet: die Vereinigung Deutschlands in seinen Stämmen. Dieser Einheit werden wir nachleben und ihr haben wir zu dienen. Vergessen wir nicht, was von vielen einzelnen und manchmal von Parteien vergessen wird, die zu glauben meinen, wir hätten den Krieg gewonnen. Nein, leider nicht. Diesen Krieg, den grössten aller Kriege, haben wir verloren. Vergessen wir nicht, was das bedeutet, und vergessen wir nicht aus unserer grossen Geschichte, was es bedeutet hat, wenn in früheren Zeiten Kriege verloren wurden, die nicht den zehnten Teil so schwer, so hart und gefahrvoll waren, als dieser Weltkrieg. Vergessen wir nicht, vor welchen Gefahren wir gestanden haben und vor welchen Gefahren wir stehen. Und wenn einmal in hundert Jahren die Geschichte dieser Epoche geschrieben werden wird, dann wird man mit Sorgfalt fragen: Wo wurden die ersten Fäden angeknüpft, wie war es möglich in einer Welt, die vergiftet war von Hass, auf einem Planeten, der zum Himmel flammte in gegenseitiger Rachsucht, wie war es möglich in dieser Welt der Zerstörung und der Zwietracht, die ersten Fäden zu fügen? Die Antwort wird sein: Das deutsche Volk hat sie gefügt durch seine Geduld, durch seine Tatkraft, durch seinen positiven Willen, durch seinen Idealismus, durch seinen Opfersinn. Das wird das Urteil der Weltgeschichte über diese Epoche sein, die wir durchleben. Mag die Kritik des Tages uns verlästern: wir glauben aus tiefster Ueberzeugung, dass es keinen anderen Weg gibt, als den, den wir beschritten haben, um die deutsche Einheit in die Zukunft zu retten und für alle Zeit zu stabilisieren. Dass wir daneben nicht passiv gewesen sind während der ganzen Dauer dieses Jahres, haben wir Ihnen dargelegt. Zweifellos ist es, dass, wenn ein Volk leben soll, es nicht leben kann lediglich in einer einzigen Eigenschaft, in der Eigenschaft als Schuldner. Es muss sich wieder bewegen, es muss neue Kräfte sammeln, es muss seiner Wirtschaft neue Anknüpfungen bieten, es muss den

Geist auf neue Probleme lenken. Deswegen glaube ich, dass unsere Politik darin nicht versagt hat, wenn sie den Versuch gemacht hat, wieder zu einer Aktivität zu kommen.

Hiermit verlasse ich das Gebiet der praktischen Politik. Die praktische Politik dieses Jahres haben wir durchlaufen. Sie war nicht verloren. Der Krieg war zu schwer und die Zeit von drei Jahren ist sub specie saeculorum zu kurz, um ein neues Reich an die Stelle des verlorenen alten zu setzen. Aber wenn wir einheitlich bleiben, wenn wir die Gegensätze, die uns trennen, zurückstellen in dem Augenblick, wo die grossen Idealfragen unseres Landes zur Sprache kommen, – denn was trennt uns? Interessen und Konventionen trennen uns, und über Interessen kann man hinweg und über Konventionen soll man hinweg, soweit man nicht Kräfte und Ideale aus ihnen schöpfen kann – wenn wir über den großen Fragen, die uns einen, die Fragen vergessen, die uns trennen, so werden wir imstande zu einer einheitlichen Aussenpolitik sein. Gestatten Sie es einem rein praktischen Politiker, gestatten Sie es demjenigen, dem die Aufgabe obliegt, gerade in diesem Augenblick das Werk der Verträge, das Werk der Beziehungen zu pflegen, gestatten Sie in diesem Augenblick das Wort auszusprechen: Nicht Verhandlungen machen uns gesund und nicht Verträge, sondern die Gesundheit eines Volkes kommt nur aus seinem inneren Leben, aus dem Leben seiner Seele und seines Geistes. Dieses Leben ist gefährdet, aber es ist nicht zu Tode getroffen. Es gibt vieles, was unser seelisch-geistiges Leben schädigt – ich brauche nur an das zu erinnern, was wir in unseren grossen Städten und an anderen Stellen im Lande sehen –, aber unser seelisch-geistiges Leben ist in seinen Tiefen gesund. Noch immer lebt dieser Wille zur Arbeit, zur Disziplin, zur Organisation, zur Forschung, noch immer lebt der Wille zur Hingebung und zum Opfer, zur Betrachtung der Erscheinung im grossen Bogen der Synthese und Zusammenfassung; noch immer sind die grossen Kräfte des Geistes und Herzens ungebrochen und unberührt. Unserer Jugend haben wir diese Kräfte zu übergeben, sie ist die Trägerin und Pflegerin dieser Kräfte, und wir wollen hoffen, dass sie diese grösste und schwerste Verantwortung der Gegenwart erfüllt. Manches wird sie in diesem Fall abzustreifen haben, denn nicht aus dem Kampfe des Tages erwachsen diese Kräfte; diese Kräfte erwachsen aus der Versenkung und Vertiefung. Deswegen lassen wir unsere Jugend nicht untergehen in den Kämpfen des Tages, weisen wir sie hin auf die grossen Ideale der Vergangenheit und führen wir sie zu den Idealen der Zukunft.

Ich glaube, daß ein solcher Hinweis auf das Gebiet des Geistes in Ihrem Lande verstanden werden muss. Wenn wir aus dem Norden zu Ihnen kommen, wenn wir diese bekränzte Stadt erblicken, so geht uns das Herz auf. Der grösste aller grossen schwäbischen Sänger hat das unsterbliche Wort gedichtet: O heilig Herz der Völker, o Vaterland! Dieses heilige Herz fühlt man nirgends stärker pochen als in Ihrem beseeligenden und schönen süddeutschen Gau. Als ich heute nachmittag auf der Suche nach dem, was ich einer erlauchten Versammlung würde sagen dürfen, durch die Wälder fuhr, die grüngolden Ihre Stadt umsäumen, da habe ich es in der Tiefe des Herzens empfunden: diese ehrwürdigen Buchen werden von ihren Hügeln noch einmal herniederblicken auf eine freie glückliche Stadt. Und als ich dann zu jenem Gipfel kam, der von einem kleinen Schlösschen gekrönt ist, das Solitude heisst, wo ein unendlicher Fernblick über das Land nach Norden sich auftut und das Auge versinkt in der blauen Ferne, da habe ich, wie lange nicht, das Gefühl erlebt: von dieser Stelle aus wird man nicht nur in eins der schönsten, nein, auch in eins der glücklichsten Länder blicken, in einer Zukunft, die unsere Nachfahren erleben werden. Wir aber, die wir vom Norden kommen, aus Staub und Nebel, von harter Arbeit und schwerer Verantwortung, uns ist es ein Dank und eine Freude, wenn wir an diesem heissen Busen Ihres Landes für Tage oder für Stunden Gesundheit, Freude und Hoffnung trinken können. Deswegen gewähren Sie uns diese Gastfreundschaft, so oft wir zu Ihnen kommen, und kommen Sie zu uns, um das Band zwischen Nord und Süd zu flechten, zu unauflöslicher und ewiger Dauer.

Rede, gehalten am 13. Juni 1922 in Berlin, in der Deutschen Gesellschaft von 1914

Der Anlaß, der uns heute zusammenführt, ist das unmittelbar bevorstehende Erscheinen der ersten sechs Bände aus den diplomatischen Akten des Auswärtigen Amtes. Die Wichtigkeit dieses Ereignisses liegt für jedermann klar zutage.

Ueber den wissenschaftlichen Wert der ganzen Publikation werden berufene Gelehrte zu urteilen haben. Es handelt sich jedoch bei dem Werke, dessen erster Abschnitt jetzt abgeschlossen vorliegt, nicht nur um eine Arbeit im Dienste der Wissenschaft, nicht nur um einen unschätzbar wertvollen Beitrag zur Kenntnis der europäischen Geschichte der letzten Jahrzehnte, sondern es handelt sich zugleich um eine ethische Tat des deutschen Volkes, über deren Inhalt ich einiges sagen möchte.

Wie kam die Aktensammlung zustande? Die Vorgeschichte lässt sich mit wenigen Worten berichten: Vor ungefähr zwei Jahren fasste die deutsche Regierung den Beschluss, das gesamte Material über die deutsche Politik vor dem Weltkriege der Oeffentlichkeit zu unterbreiten. Sie wurde dabei von dem Gedanken geleitet, dass von unserer Seite alles bekannt gegeben werden sollte, was zur Aufklärung über die Entstehung der grossen Katastrophe von 1914 dienen kann. Die ängstlich überwachten Schranken des diplomatischen Geheimnisses sollten umgestossen, die verschwiegenen Siegel sorgfältig verborgengehaltener Dokumente gebrochen, und rückhaltlos sollten die in den Archiven des Auswärtigen Amtes ruhenden Akten ans Licht des Tages gezogen werden. Der Entschluss wurde zur Wirklichkeit. Drei Gelehrte, deren einwandfreie Sachlichkeit als zweifellos dasteht, wurden mit der Lösung der grossen Aufgabe betraut, und heute legen sie uns den verheissungsvollen Anfang ihrer mühevollen Tätigkeit vor, für die Deutschland ihnen tiefen Dank schuldet.

Die kurze Vorgeschichte, die ich hier skizziert habe, zeigt, dass über dem ganzen Werke eigentlich als Motto die Worte stehen sollten: Im Dienste der Wahrheit. Denn das ist in der Tat das Leitmotiv, das ihm zugrunde liegt. Das deutsche Volk will an seinem Teile die ganze Wahrheit über die Genesis des Weltkrieges enthüllen. Es erscheint ihm dies nicht nur für das eigene Gewissen und aus einem wohlverstandenen Nationalgefühl heraus notwendig, sondern auch für die ganze Menschheit. Wir wissen alle, dass seit dem Weltkrieg die dunklen Mächte des Hasses, der Verdächtigung, des Misstrauens, der Anklage und der Beschuldigung die internationale Atmosphäre vergiften. Wir Deutsche haben es ganz besonders stark erfahren müssen, dass diese dunklen Mächte in das Getriebe der Politik bestimmend eingegriffen haben und ihre bösen Wirkungen, die uns im Weltkrieg in furchtbarer Deutlichkeit vor Augen traten, auf diese Weise zu verewigen drohen. Das gerade ist es, was im Namen der Menschheit verhütet werden muss.

Man spricht heute – und mit vollem Recht – überall von der grundlegenden Bedeutung des wirtschaftlichen Wiederaufbaus von Europa. Hand in Hand damit muss aber eine vielleicht noch schwerere und sicher nicht minder wichtige Aufgabe gelöst werden, die ich den geistigen Wiederaufbau Europas nennen möchte. Und sie besteht in der allmählichen Ueberwindung eben jener Mächte des Hasses, der Verdächtigung, des Misstrauens, der Anklage und der Beschuldigung, die ich oben erwähnt habe. Das Bestreben der Besten muss darin bestehen, dass wir in Europa wieder reine Luft atmen können, eine Luft, die befreit ist von jener dumpfen Schwüle, die seit dem Kriege und auch mehrere Jahre vorher schon geherrscht hat.

Es ist klar, daß dieses Ziel nur erreicht werden kann, wenn jeder rücksichtslos mit sich selbst ins Gericht geht, um dadurch einen Beitrag zu der gewaltigen Aufgabe des geistigen Wiederaufbaus zu leisten.

Das deutsche Volk, das durch das Diktat von Versailles auf die Anklagebank gezwungen wurde, hat mit dem Werke, das nun zu erscheinen beginnt, den Anfang gemacht. Es hat es verschmäht, seine Geheimnisse zu verstecken und hat seinen restlosen Willen zur Wahrheit bekundet.

Die ersten sechs Bände bilden ein Ganzes für sich. Sie behandeln die Zeit von 1870 bis 1890, also jene Epoche, während deren die Leitung der politischen Geschicke des deutschen Volkes in der Hand des ersten Reichskanzlers, Fürst Otto von Bismarck, lag. Damals stand Deutschland auf der Höhe der Macht, und wir sehen aus den veröffentlichten Akten, dass es diese Macht niemals missbraucht hat, um den Frieden in Europa zu gefährden, sondern dass es sie im Gegenteil dazu verwandte, um ihn überall, wo es möglich erschien, zu erhalten. Das ganze Bündnissystem Bismarcks war auf diesem Grundgedanken aufgebaut und bietet, unter diesem Gesichtspunkt betrachtet, das Bild eines einheitlichen Kunstwerkes. Das ist eine Feststellung, die jeder objektive Leser machen wird, und wir können uns im Hinblick auf sie nur wünschen, dass die Wahrheit, der wir als Tribut entrichten, was uns zur Verfügung steht, sich unaufhaltsam Bahn bricht und allmählich alle Hindernisse beseitigt, die sich ihr heute noch in den Weg stellen.

Der Weg der Wahrheit ist lang. Er ist um so länger, als ein Mangel an europäischem Interesse die Fragen, die uns Lebensfragen sind, als gelöst, das Urteil der Geschichte als gesprochen anzusehen sich gewöhnt hat. Ein Urteil kann nur gesprochen werden von einem vollgültigen Tribunal. Unser Suchen und Werben um Wahrheit aber wird nicht ruhen, bis im Namen der Geschichte ein befugtes Tribunal seinen Spruch gefällt hat.

Rede vor dem Reichstage am 21. Juni 1922

Die Interpellation Stresemann Die <i>Interpellation STRESE-
MANN und Genossen</i> ersuchte die Reichsregierung um Aufklärung über Gerüchte, die besagen, daß auf Grund einer Verständigung zwischen England und Frankreich die Besatzung in den
Rheinlanden zurückgezogen, dafür aber als Sicherheit gegen einen
Angriff des vollkommen wehrlosen Deutschlands die Rheinlande
neutralisiert werden sollen, das heißt den Rheinlanden soll die Autonomie, angeblich im Rahmen des Deutschen Reichs, aber unter
französischer Oberaufsicht und französischem militärischen
»Schutz« verliehen werden. Es sollte also dem besetzten Gebiet das
Schicksal des unglücklichen Saargebiets bereitet werden. habe ich
die Ehre wie folgt zu beantworten:

Unter dem Ausdruck »Neutralisierung« kann man zwei rechtlich
völlig verschiedene Begriffe verstehen. Soweit darunter zu verstehen ist das Verbot für Deutschland, innerhalb der Rheinlande stän-
dig oder zeitweise militärische Streitkräfte zu unterhalten oder zu
sammeln oder daselbst Befestigungen beizubehalten oder anzule-
gen, so hat die dahingehende Forderung bereits in den Art. 42 und
43 des Vertrages von Versailles ihre Verwirklichung gefunden.

Sollte unter der Neutralisierung der Rheinlande die Schaffung eines neutralen Pufferstaates verstanden werden, so ist dem entge-
genzuhalten, dass die Rheinlande auch nach dem Vertrage von
Versailles ein integrierender Bestandteil des Deutschen Reiches und
des preussischen Staates geblieben sind. Der Vertrag von Versailles
enthält in der langen Reihe seiner Artikel nicht eine Bestimmung,
auf die sich irgendeine Signatarmacht dieses Vertrags bei Erhebung
einer dahingehenden Forderung stützen könnte. Eine solche Forderung könnte also nur unter Vertragsbruch verwirklicht werden.
Bisher ist noch von keiner Seite ein Ansinnen dieser Art an die
deutsche Regierung herangetreten. Auch sonst liegen der deutschen
Regierung, abgesehen von unbeglaubigten Zeitungsmitteilungen,
keine Nachrichten vor, die auf eine derartige Absicht schliessen
lassen könnten.

Namens der Reichsregierung habe ich die Erklärung abzugeben,
dass sie niemals für irgendwelche Zugeständnisse, und mögen sie

noch so gross sein, dafür zu haben ist, das Rheinland, das während der Besatzungszeit so oft seinen unerschütterlichen Willen zum Festhalten am angestammten Vaterland bewiesen hat, preiszugeben oder seinen Bestand schädigen zu lassen.

Die Interpellation Lauscher Die <i>Interpellation LAUSCHER und Genossen</i> fordert von der Reichsregierung Erklärungen über die am 30. Mai übergebene Note der Botschafterkonferenz der alliierten Staaten, die unter Berufung auf Artikel 43 des Vertrags von Versailles die Einstellung bzw. Zerstörung einer ganzen Reihe wirtschaftlich bedeutsamer Eisenbahnbauten innerhalb des zurzeit von den Alliierten besetzten rheinischen Gebiets verlangt. bezüglich der Eisenbahnen habe ich die Ehre, wie folgt zu beantworten:

Am 25. Mai hat die Botschafterkonferenz eine von dem französischen Ministerpräsidenten unterzeichnete Note an die deutsche Regierung gerichtet, in der sie die sofortige Einstellung einer Reihe im Gang befindlicher Bahnbauten sowie die allmähliche Beseitigung gewisser Eisenbahnanlagen im linksrheinischen Gebiet verlangt. Sie stützt diese Forderungen auf Art. 43 des Vertrages von Versailles, der die Beibehaltung aller materiellen Vorkehrungen für eine Mobilmachung in jenen Gebieten untersagt. Die Botschafterkonferenz vertritt den Standpunkt, dass die Bahnlinien, deren Einstellung sie fordert, strategische Linien und die Anlagen, deren Zerstörung sie verlangt, militärische Anlagen seien. Sie hat es für nötig gehalten, mit besonderem Nachdruck zu betonen, dass alle in ihr enthaltenen Entscheidungen auf Grund eingehender Untersuchungen so getroffen seien, dass die wirtschaftliche Leistungsfähigkeit des rheinischen Eisenbahnnetzes durch sie in keiner Weise vermindert wird. Die Botschafterkonferenz stellt ferner »mit Genugtuung« fest, dass die Einstellung der im Gang befindlichen Arbeiten es Deutschland erlauben werde, die dafür ausgeworfenen bedeutenden Ausgaben zu ersparen und damit seine finanzielle Lage zu verbessern.

So lebhaft die deutsche Regierung jede Gelegenheit begrüsst, die Finanzen Deutschlands zu heben, so vermag sie doch die Genugtuung der Botschafterkonferenz über die ihr gebotene Möglichkeit nicht zu teilen.

Denn einmal übergeht die Botschafterkonferenz mit Stillschweigen, dass über den Ersparnissen, die sich aus der Einstellung der im Gang befindlichen Arbeiten ergeben, Hunderte von Millionen an Ausgaben stehen, die für die geforderten Zerstörungsmassnahmen völlig unproduktiv aufgewendet werden müssen.

Zweitens trifft die Annahme der Note, dass es sich bei den einzustellenden Arbeiten und den zu beseitigenden Anlagen ausschliesslich um militärische, für die deutsche Wirtschaft gleichgültige Einrichtungen handele, in keiner Weise zu.

Die deutsche Regierung weiss, dass der Vertrag von Versailles ihr verbietet, im besetzten Gebiet irgendwelche ständigen Vorkehrungen zu unterhalten, die dem Zweck der Mobilmachung zu dienen bestimmt sind. Sie beabsichtigt nicht, sich dieser Verpflichtung zu entziehen und sie wird die vorhandenen Anlagen, soweit sie wirklich militärischer Natur sind, pflichtgemäss zerstören lassen, soweit dieses Verlangen allen ökonomischen Erwägungen zum Trotz aufrechterhalten werden sollte. Dass sie nicht daran denkt, neue Anlagen dieser Art zu schaffen oder begonnene fortzuführen, ist angesichts der deutschen Finanzlage und der ganzen politischen Situation eine einfache Selbstverständlichkeit.

Dagegen ist die deutsche Regierung weder nach dem Buchstaben noch nach dem Sinne des Versailler Vertrages verpflichtet, Einrichtungen, die für die gesunde wirtschaftliche Entwicklung des Rheinlandes zweckmässig und notwendig sind, nur deshalb zu zerstören oder unausgeführt zu lassen, weil die Botschafterkonferenz glaubt, dass sie eine etwaige Mobilmachung erleichtern.

Der Art. 43 richtet sich gegen die Vorbereitung eines Krieges. Er gibt den alliierten Regierungen kein Recht, störend und zerstörend in eine auf verständigen Grundsätzen aufgebaute Verkehrspolitik einzugreifen. Soweit das durch die Forderungen der Botschafterkonferenz geschieht, wird die deutsche Regierung diese Forderungen mit allem Nachdruck bekämpfen. Sie wird den alliierten Regierungen den Beweis liefern, dass die verlangten Massnahmen den betroffenen Gebieten schwere wirtschaftliche Nachteile zufügen, dass sie die Entwicklung nicht nur des Verkehrs, sondern zahlreicher für Deutschland lebenswichtiger Wirtschaftszweige hindern und so die wirtschaftliche Leistungsfähigkeit Deutschlands keineswegs erhöhen, sondern stark beeinträchtigen würden. Von ganz besonderem Einfluss auf die Entschliessung der aliierten Regierungen sollte es sein, dass einzelne der beanstandeten Anlagen gerade dazu dienen sollen, die schnelle und pünktliche Ablieferung der Reparationskohle zu erleichtern.

Die Prüfung der einzelnen Forderungen der Note, die von den deutschen Behörden mit der grössten Sorgfalt vorgenommen wird, ist noch nicht abgeschlossen. Schon jetzt lässt sich aber mit Gewissheit sagen, dass die Entschliessung der Botschafterkonferenz, soweit sie sich mit den Linien Mörs–Geldern, Osterath–Dernau und Ehrang–Koblenz befasst, überwiegend von unrichtigen Voraussetzungen ausgeht.

Das gleiche gilt für eine grosse Anzahl der übrigen Punkte der Note, was sich zum Teil vielleicht daraus erklärt, dass den Verfassern die Entwicklung, die die Wirtschaft des Rheinlandes seit Beendigung des Krieges genommen hat, noch nicht bekannt geworden ist.

Die deutsche Regierung zweifelt nicht daran, dass die Aufklärung, die sie den alliierten Regierungen in aller Offenheit und Ehrlichkeit bieten wird, zu einer Aufgabe der jetzt erhobenen unberechtigten Forderungen führen wird. Die ohnehin so schwer unter dem Drucke der Besatzung leidende rheinische Bevölkerung mag gewiss sein, dass kein Mittel unversucht bleiben wird, um ihr neue grundlose Schädigungen zu ersparen.

Die dritte Interpellation <u>Die <i>Interpellation MARX und Genossen</i> wünscht Aufklärung über die Stellung der Reichsregierung zu der Tätigkeit der vom Völkerbundsrat eingesetzten Regierungskommission im Saargebiet, die dem Versailler Vertrage, den Grundsätzen der Gerechtigkeit und der Demokratie – und dem Wesen des Völkerbunds widerspreche.</u> erlaube ich mir wie folgt zu beantworten:

Ueberblickt man die Versailler Regelung für das Saarbecken, so drängt sich am stärksten ihre Kompliziertheit auf. Man vergegenwärtige sich nur folgendes: Das Land ist deutsch, die Bewohner sind Deutsche, die Verwaltung liegt in der Hand des Völkerbundes, die Gruben sind Eigentum des französischen Staates und das Zollsystem ist das französische. Das ergibt ein so vielfaches Durchschneiden und Ueberschneiden der Kompetenzen, dass es in der Praxis zu kaum mehr lösbaren Schwierigkeiten führt.

Auf die Frage, was das Saargebiet seiner juristischen Natur nach ist, dürften die Juristen die Antwort schuldig bleiben. Die Geschichte hat ein so seltsames Gebilde noch nicht gesehen. Dies hat begreiflicherweise eine grosse Belastung der beteiligten Behörden – und zwar nicht nur unserer – zur Folge, und im letzten Grunde ist der Leidtragende dabei immer die Bevölkerung.

Politisch springt vor allem die Entrechtung der Bevölkerung in die Augen. Gewisse, nicht immer genügend klar gefasste Bestimmungen gewährleisten ihr zwar einige selbstverständliche Grundrechte, von denen bezeichnenderweise das Recht des freien Abzuges am deutlichsten ausgestaltet ist.

Von der Mitbestimmung an ihrem Geschick ist sie aber so gut wie ausgeschlossen. In dem Fünfmännerkollegium, das sie regiert, befindet sich nur einer aus ihrer Mitte, und auch auf die Ernennung dieses einen hat sie keinen Einfluss.

Die Regierungskommission hat Befugnisse, die weit über das hinausgehen, was im Zeitalter des aufgeklärten Absolutismus die Regel war. Gewiss ist sie dem Völkerbund verantwortlich. Ob aber diese Verantwortlichkeit denselben praktischen Wert hat wie eine Verantwortlichkeit gegenüber einer Volksvertretung, müsste erst noch bewiesen werden. Die Betrauung des Völkerbundes mit dieser absolutistischen Mission ist überhaupt für jeden, der einen wahren Völkerbund errichtet zu sehen wünscht, tief bedauerlich. Die Idee des Völkerbundes wird dadurch entwürdigt.

Es ist kein Trost, dass dieses Regime auf 15 Jahre beschränkt sein soll. Denn 15 Jahre sind eine lange Zeit, und an ihrem Ende steht die Volksabstimmung. Nichts ist selbstverständlicher, als dass diese Abstimmung während der 15 Jahre die Interessen der Bevölkerung überragend beherrscht. Wir alle wissen ferner aus den Beispielen anderer deutscher Grenzgebiete, besonders Oberschlesiens, was eine Abstimmungszeit für die Bevölkerung bedeutet. Im Saargebiet soll diese Zeit 15 Jahre dauern, und wenn auch dort die Verhältnisse insofern günstig liegen, als der Bevölkerung fremdsprachige Elemente fehlen, so bedeutet es doch für sie ein überaus hartes Los und eine schwere Probe, 15 Jahre lang unter der Ungewissheit ihres endgültigen nationalen Geschickes leben zu müssen.

Ich wende mich zu der Frage, wie sich das geschilderte System bisher bewährt hat.

Das Wirtschaftsleben des Landes bietet kein erfreuliches Bild. Hier wirken verschiedene Umstände zusammen: die künstliche Trennung der Kohlenwirtschaft von dem übrigen Wirtschaftsleben, die neue Zollinie und endlich die Einführung des Franken. Das Mass, in dem der Frank im Saarbecken umläuft, ist nach Ansicht der Regierung vertragswidrig, denn der Vertrag räumt der französischen Münze nur die Stellung eines zugelassenen Umlaufgeldes neben der Mark ein. Die Regierungskommission hat ihr aber bei Post und Eisenbahn die Eigenschaft als Währungsgeld unter Ausschaltung der Mark verliehen und später trotz dringenden Abratens aller Sachverständigen ihren Umlauf noch erweitert. Wirtschaftlich widerspricht diese Abänderung der Währungsverhältnisse der Grundstruktur des Wirtschaftslebens. Das Land hat nun einmal seinen natürlichen Absatzmarkt in Deutschland und kann dafür anderswo, namentlich in Frankreich, um so weniger ausreichenden Ersatz finden, als seine Hauptindustrie, die Eisenindustrie, im Westen als unliebsamer Konkurrent empfunden und bekämpft wird. Wenn also die Industrie des Saarbeckens auf den deutschen Markt angewiesen ist und daher vorwiegend Markeinnahmen hat, so muss sie notwendigerweise in schwere Bedrängnis geraten, sobald sie bei sinkendem Markkurse ihre Hauptausgaben – nämlich Löhne, Kohlen, Erze, Frachten – in Franken leisten muss. Die Tatsachen haben dies reichlich bewiesen. Das Land hat schon verschiedene schwere Krisen durchgemacht, die noch schärfer verlaufen wären, wenn nicht grosse industrielle Werke von ihren Niederlassungen im übrigen Deutschland einen Ausgleich hätten schaffen können. Erfreulicherweise haben auch verschiedene deutsche Wirtschaftsorganisationen der schwierigen Lage des Saarbeckens volles Verständnis entgegengebracht. In diesem Zusammenhang kann ich auch erwähnen, dass die Reichsregierung im Einverständnis mit Preussen und Bayern die Belieferung des Saargebiets mit Waren zu deutschen Inlandspreisen und mit deutschen Lebensmitteln sich angelegen sein lässt. Es sind hierbei allerdings beträchtliche Schwierigkeiten zu überwinden, und es könnte ein Zeitpunkt kommen, in dem wir gegen unseren Willen diese Massnahmen aufheben müssten. Doch hoffen wir, dass wir nicht vor diese Zwangslage gestellt sein werden. Alles in allem trägt das Wirtschaftsleben des Saarbeckens eine spezifische Unstabilität als hervorstechendstes Merkmal an sich.

Wenn ich endlich zu der politischen Entwicklung übergehen darf, so muss ich zu meinem Bedauern hier feststellen, dass die Regierung des Saarbeckens von der den Völkerbund vertretenden Kommission nicht in der Weise geführt wird, wie es erwartet werden dürfte. Bekanntlich soll der Völkerbund die Regierung des Saarbeckens als Treuhänder führen. Eine solche treuhänderische Verwaltung darf nicht einen der beiden an dem endgültigen Besitz des Landes interessierten Staaten bevorzugen. Leider ist dies aber der Fall. Dass heute noch französische Truppen in beträchtlicher Zahl sich im Lande befinden, ist eine nicht abzustreitende Vertragswidrigkeit; denn nach dem Vertrag soll nicht Frankreich, sondern die Regierungskommission für Aufrechterhaltung von Ruhe und Ordnung sorgen, und nur durch eine örtliche Gendarmerie. Diese Gendarmerie ist zwar errichtet worden, jedoch nur in bescheidenem Umfange, angeblich wegen Geldmangels. Neben ihr steht aber noch eine französische Gendarmerie. Wie deren Existenz gerechtfertigt werden kann, ist mir unerfindlich. Denn der Vertrag sagt mit der denkbar grössten Klarheit, dass »nur eine örtliche Gendarmerie« eingerichtet werden soll. Uebrigens liegen Nachrichten vor, dass die französische Gendarmerie die Aufgabe hat, unter anderem über die Notabeln und gewisse andere Persönlichkeiten Listen zu führen, vertrauliche Beobachtungen in politischen Angelegenheiten anzustellen, die politische Gesinnung der Beamten zu überwachen und die Berichte der Zivilbehörden unauffällig zu kontrollieren.

Auch die Errichtung der französischen Kriegsgerichte, die sogar durch eine besondere Verordnung erfolgt ist, widerspricht dem Vertrag, da dieser keine anderen Gerichte beibehalten wissen will als die früher bestehenden und ein neu zu errichtendes Obergericht.

Mit Recht hebt ferner die Interpellation die Vertragswidrigkeit der im Herbst 1920 anlässlich der Arbeitseinstellung der Beamtenschaft erfolgten Massenausweisungen hervor. Diese entbehrten jeder Rechtsgrundlage und warfen die Bevölkerung zurück in die trübsten Zeiten der Herrschaft des Waffenstillstandsabkommens. Nach längerer Zeit sind allerdings diese Ausweisungen rückgängig gemacht worden.

Die Regierungskommission hat ferner die Wahrnehmung der Auslandsinteressen der Bewohner der französischen Regierung übertragen. In formaler Hinsicht kann hiergegen kaum etwas eingewendet werden, da eine besondere Bestimmung des Vertrages der Regierungskommission freie Hand gibt. Es liegt jedoch auf der Hand, wie widersinnig es ist, dass deutsche Staatsangehörige im Auslande von Frankreich vertreten werden. Ausserdem ergeben sich hieraus allerlei praktische Schwierigkeiten. Die Regierungskommission hat uns sogar zugemutet, die Wahrnehmung der Interessen der deutschen Saarbewohner in Deutschland selbst durch Frankreich anzuerkennen. In diesem Punkt hat jedoch die Reichsregierung mit aller Entschiedenheit widersprochen, da das Saargebiet dem übrigen Deutschland gegenüber nicht Ausland ist. Wenn übrigens die Bewohner des Saargebiets ein Anliegen an deutsche Behörden haben, so wissen sie schon selbst den Weg zu ihnen zu finden und denken am allerwenigsten an eine Vermittlung durch französische Vertreter.

Eine Frage von besonderer Wichtigkeit ist die Schaffung des seltsamen Begriffes »Saareinwohner«. Während der Versailler Vertrag den Bewohnern des Saargebiets ihre bisherige Staatsangehörigkeit belassen hat, was nicht anders als dahin verstanden werden kann, dass auch die mit der Staatsangehörigkeit verbundenen Rechte ihnen gewahrt bleiben sollen, hat die Regierungskommission durch Schaffung des Begriffes »Saareinwohner« und durch Uebertragung aller politischen Rechte auf diesen Begriff der Staatsangehörigkeit der Bewohner tatsächlich so gut wie jeden Inhalt genommen und mit dem neuen Begriff zwar nicht dem Worte nach, wohl aber der Sache nach eine Art besonderer saarländischer Staatsangehörigkeit geschaffen. Nach Ansicht der Reichsregierung ist hiermit eine der Grundlagen der vertraglichen Regelung über das Saargebiet umgestossen.

In ähnlicher Richtung liegt eine Anzahl von Massnahmen der Regierungskommission, die das Ziel verfolgen, das Saargebiet dem übrigen Deutschland gegenüber als Ausland erscheinen zu lassen, obwohl doch unmöglich bestritten werden kann, dass das Saargebiet nach wie vor einen Teil des Reiches bildet. Es mag zwar im einzelnen schwierig sein, bei der besonderen Verwaltungsorganisation für das Saarbecken aus diesem Grundsatz heraus immer zu praktisch brauchbaren Ergebnissen zu gelangen. Wenn aber die Regierungskommission dieser Schwierigkeiten dadurch Herr zu werden sucht, dass sie kurzerhand erklärt, alles Gebiet ausserhalb des Saargebiets sei als Ausland zu betrachten, so ändert sie den Vertrag wiederum in einer seiner Grundlagen ab.

Auch auf dem Gebiete des Schulwesens sind Vertragswidrigkeiten festzustellen. Dem französischen Staat hat die Regierungskommission auf diesem Gebiet Rechte eingeräumt, die weit über das vertraglich vorgesehene Mass hinausgehen. Auch die Einführung des französischen Sprachunterrichts in den Volksschulen und allerlei, zum Teil als Experimentieren zu bezeichnende recht wesentliche Reformen auf dem Gebiet des Schulwesens stehen nicht im Einklang mit dem Vertrage; denn dieser sieht in absoluter Form die Beibehaltung des bisherigen Schulsystems vor, und ich glaube, dass dies eine der wenigen Bestimmungen ist, die innere Berechtigung hat, da gerade auf dem Gebiete des Schulwesens einer landesfremden Regierung schwerlich die Fähigkeit zugesprochen werden kann, das Schulwesen eines Landes auf eine seiner Eigenart gerecht werdende neue Grundlage zu setzen.

Die Reichsregierung hat wegen all dieser und ähnlicher Massnahmen der Regierungskommission wiederholt beim Völkerbund Einspruch eingelegt. Bisher ist keinem Einspruch Folge gegeben worden. Der Völkerbund begnügt sich in der Regel damit, den Standpunkt der Regierungskommission für gerechtfertigt zu erklären. Zu ihrem Bedauern kann sich die Reichsregierung dem Eindruck nicht verschliessen, dass ihre Einspruchnoten beim Völkerbund nicht die gebührende Beachtung finden. Die gemachten Erfahrungen werden die Reichsregierung natürlich nicht hindern, sich mit ihren Beschwerden weiterhin an den Völkerbund zu wenden. Sie gibt die Hoffnung nicht auf, dass der Völkerbund schliesslich doch die Ueberzeugung gewinnt, dass die Verwaltung des Saargebiets nicht in einem Geiste geführt wird, wie es gerade von einer Völkerbundskommission erwartet werden kann.

Zu dieser Erwartung berechtigen die Reichsregierung namentlich auch die Schritte, die die Bevölkerung des Saargebiets selbst unternommen hat. Wiederholt hat sie in ausserordentlich eindrucksvollen Denkschriften und durch die Entsendung von Delegationen an den Völkerbund versucht, dessen Aufmerksamkeit mehr als bisher auf die Mißstände im Saarbecken zu lenken, und ich glaube sagen zu können, dass die Schritte nicht ganz erfolglos geblieben sind.

Inzwischen hat auch die Oeffentlichkeit ausserhalb Deutschlands dem Saarbecken mehr und mehr Interesse entgegengebracht, und in einer ganzen Anzahl von ausländischen Zeitungen hat sich eine ziemlich scharfe Kritik der Methoden der Völkerbundsregierung erhoben.

Das Verhältnis der Bevölkerung des Saarbeckens zu der Regierungskommission hat sich überraschend schnell festgelegt. Es ist das typische Bild einer Fremdherrschaft! Die Bevölkerung sah der Regierungskommission zwar nicht mit grossen Hoffnungen, aber doch unvoreingenommen entgegen und musste sehr bald Enttäuschung über Enttäuschung erleben. Mit verschwindenden Ausnahmen wurden die leitenden Posten der Verwaltung mit Franzosen besetzt. Die französischen Truppen blieben, desgleichen die französische Gendarmerie und die französischen Kriegsgerichte. Französische Einrichtungen wurden da und dort eingeführt. Eine Anzahl alteingesessener Bewohner wurde ausgewiesen. Der Franken brachte wirtschaftliche und soziale Schwierigkeiten. Der französische Unterricht für die Volksschulen wurde dekretiert. Den Beamten wurde die Frankenbesoldung wider ihren Willen aufgezwungen. Endlich wurden beinahe in allen wichtigen Fragen die Gutachten der Kreis- und Bezirkstage bei der Abänderung von Gesetzen nicht berücksichtigt. All dies schuf begreiflicherweise eine Atmosphäre der Mißstimmung, die schliesslich die Kreis- und Bezirkstage veranlasste, die Begutachtung von Verordnungsentwürfen vollkommen abzulehnen.

So stehen sich jetzt Regierung und Bevölkerung des Saargebiets ohne Vertrauen gegenüber, ein Zustand, der unzweifelhaft als äusserst ungesund anzusprechen ist. Dieser Zustand ist aber die leicht erklärliche Folge der Regierung eines Landes durch eine landfremde Kommission.

Am 16. Juni 1919 haben unsere einstigen Gegner uns erklärt, sie hätten volles Vertrauen, dass die Einwohner des Saargebietes keinen Grund haben würden, die neue Verwaltung als eine ihnen ferner stehende zu betrachten, als es die von Berlin und München gewesen seien. Wenn irgend etwas durch die Tatsachen widerlegt worden ist, dann ist es dieser Satz! Gewiss: die Regierungskommission sitzt im Saargebiet selbst; in Wirklichkeit aber steht sie der Bevölkerung ferner, als wenn sie in einem anderen Erdteil ihren Sitz aufgeschlagen hätte. Allein die Verschiedenheit der Sprache bildet eine unüberbrückbare Kluft.

Das Bild, das ich Ihnen in Vorstehendem vom Saarbecken entrollen durfte, ist kein erfreuliches. Als Deutsche aber können wir mit Stolz auf die Tatsache hinweisen, dass die Bevölkerung des Saargebietes in den schweren Jahren der Fremdherrschaft, von denen erst wenige vorübergegangen sind, sich um so fester zusammengeschlossen hat, um das zu wahren, was sie als ihr höchstes Gut betrachtet: ihr Deutschtum! Immer und immer wieder erhält die Reichsregierung und die Oeffentlichkeit aus dem Saarbecken Beweise bester deutscher Gesinnung. Ich stehe daher nicht an, zu erklären, dass die Deutschen an der Saar dem ganzen deutschen Volk Vorbild und Muster sind! Das deutsche Volk und die Reichsregierung wissen schon heute, was sie an der Bevölkerung des Saargebiets haben. Ihr muss ihr bestes Wollen und Können gelten in der Hoffnung auf den Tag, an dem auch äusserlich die Wiedervereinigung vollzogen wird.

Über tredition

Eigenes Buch veröffentlichen

tredition wurde 2006 in Hamburg gegründet und hat seither mehrere tausend Buchtitel veröffentlicht. Autoren veröffentlichen in wenigen leichten Schritten gedruckte Bücher, e-Books und audio-Books. tredition hat das Ziel, die beste und fairste Veröffentlichungsmöglichkeit für Autoren zu bieten.

tredition wurde mit der Erkenntnis gegründet, dass nur etwa jedes 200. bei Verlagen eingereichte Manuskript veröffentlicht wird. Dabei hat jedes Buch seinen Markt, also seine Leser. tredition sorgt dafür, dass für jedes Buch die Leserschaft auch erreicht wird.

Im einzigartigen Literatur-Netzwerk von tredition bieten zahlreiche Literatur-Partner (das sind Lektoren, Übersetzer, Hörbuchsprecher und Illustratoren) ihre Dienstleistung an, um Manuskripte zu verbessern oder die Vielfalt zu erhöhen. Autoren vereinbaren direkt mit den Literatur-Partnern die Konditionen ihrer Zusammenarbeit und partizipieren gemeinsam am Erfolg des Buches.

Das gesamte Verlagsprogramm von tredition ist bei allen stationären Buchhandlungen und Online-Buchhändlern wie z. B. Amazon erhältlich. e-Books stehen bei den führenden Online-Portalen (z. B. iBookstore von Apple oder Kindle von Amazon) zum Verkauf.

Einfach leicht ein Buch veröffentlichen: **www.tredition.de**

Eigene Buchreihe oder eigenen Verlag gründen

Seit 2009 bietet tredition sein Verlagskonzept auch als sogenanntes "White-Label" an. Das bedeutet, dass andere Unternehmen, Institutionen und Personen risikofrei und unkompliziert selbst zum Herausgeber von Büchern und Buchreihen unter eigener Marke werden können. tredition übernimmt dabei das komplette Herstellungs- und Distributionsrisiko.

Zahlreiche Zeitschriften-, Zeitungs- und Buchverlage, Universitäten, Forschungseinrichtungen u.v.m. nutzen diese Dienstleistung von tredition, um unter eigener Marke ohne Risiko Bücher zu verlegen.

Alle Informationen im Internet: **www.tredition.de/fuer-verlage**

tredition wurde mit mehreren Innovationspreisen ausgezeichnet, u. a. mit dem Webfuture Award und dem Innovationspreis der Buch Digitale.

tredition ist Mitglied im Börsenverein des Deutschen Buchhandels.

Dieses Werk elektronisch lesen

Dieses Werk ist Teil der Gutenberg-DE Edition DVD. Diese enthält das komplette Archiv des Projekt Gutenberg-DE. Die DVD ist im Internet erhältlich auf **http://gutenbergshop.abc.de**

Zeitfracht Medien GmbH
Ferdinand-Jühlke-Straße 7
99095 Erfurt, Deutschland
produktsicherheit@kolibri360.de